Abschied ist das Allerletzte

*Für alle, die uns im letzten schweren Jahr begleitet haben,
unsere Familien, Freunde, Ärzte und Pflegekräfte,
ganz besonders alle vom „Benevit"!*

Abschiedsgruß für Klaus

*Kleiner schöner Buddha
Lächelnd betrittst Du Deine neue Welt;
gehst sanft über grüne Wiesen,
schreitest fast.
Innere Ruhe und Sicherheit
begleitet Dich –
hast das Leben hier selbst
in Deinem Moment
verlassen.
Getragen von Liebe;
in Freiheit.*

*Kleiner schöner Buddha,
ich freue mich für Dich –
wenn auch unter Tränen ...*

Renate Marie Mettin

Rita Kasparek

Abschied ist das Allerletzte

Marlenes Trauer-Bratgeber

Bibliografische Information der Deutschen Nationalbibliothek:
Die Deutsche Nationalbibliothek verzeichnet diese Publikation in
der Deutschen Nationalbibliografie; detaillierte bibliografische
Daten sind im Internet über http://dnb.dnb.de abrufbar.

© 2016 Rita Kasparek

Illustration: Rita Kasparek, S.11 Karl-Heinz Erdmann

Herstellung und Verlag: BoD – Books on Demand, Norderstedt

ISBN: 978-3-7412-5188-7

Inhaltsverzeichnis

Wichtiges vorweg **9**
Lektion Eins: Ahnungslos **11**
   Feiern für Geübte 12
   Besucherfreude 15
   Dazugelernt 17
   Gut vorbereitet 18
   Wieder Zuhause gestrandet 20
   Mallorca sehen und sterben 21
   Alle(s) zusammen 24
   Vergesslich 26
Lektion Zwei: Tatsachen **27**
   Im Auge des Habichts 28
   Die nackte Wahrheit 31
   Nutzlose Fragen 32
   Er-Wartungen 35
   Alternativen 36
   Hoffnungsschimmer 37
Lektion Drei: Lernschritte **39**
   Beeilung 40
   Entscheidungen 41
   Ungeliebte Normalitäten 42
   Sorgen mindernd 45
   Erkenntnisse 46
   Wie im Paradies 48
   Naturnahe Behandlung 50
   Ablenkungen 52
   Essen, das ist hier die Frage 54
Lektion Vier: Atempausen **56**
   Die Kraft des Bibers 57
   Pannen inclusive 59

Kleine Auszeit 60
Fügungen 62
Elegante Grundversorgung 64
Lektion Fünf: Offen für Wunder 67
Hilfreiche Menschen 68
Erhörte Hilferufe 70
Think positiv! 73
Kräfte sammeln 73
Neuer Anlauf 75
Erklärungsversuche 76
Häuslich 78
Verschnaufpausen 79
Lektion Sechs: Veränderungen 80
Fotoshooting 81
Vom richtigen Hinsehen 83
Kirchlicher Beistand 84
Vergnügungen 86
Sinnsuche 87
Beschenkt 89
Nahrungsbeschaffung 90
Tagesplan 92
Lektion Sieben: Ablenkung 94
Katzengeflüster 95
Abnabelungsprozesse 96
Zeitvertreib 97
Das liebe Ego 99
Beschenkt 100
Den Umständen entsprechend 101
Lektion Acht: Countdown 103
Durchhalten 104
Überleben 106
Rückschau 107
Weisheit 109
Endspurt 110

Abschied 111
　　Formalitäten 112
Lektion Neun: Die Zeit „danach" **113**
　　Unterstützt von allen Seiten 114
　　Hilfsquellen 116
　　Nachwehen 117
　　Ganz alleine 118
　　Friedhofsarbeiten 119
　　Nähe 120
　　Loslassen 121
　　Urlaubsversuch 122
　　Fleißarbeiten 125
　　Planungen 127
　　Verabschiedungen 128
Danke **131**
Ausblick **132**

Wichtiges vorweg

Liebe Betti! Liebe Freundinnen und Freunde!

Am leichtesten liest Du die nachfolgenden Briefe, wenn gerade nichts Schlimmes passiert ist. Sozusagen vorbeugend für schlimmere Zeiten! Oder wenn Du gerade von der eigenen Pflege eines lieben Menschen total erschöpft bist, einfach zur Ablenkung.

Doch wenn Du tief im eigenen Trauerprozess steckst, denkst Du vielleicht: „Marlene, dieses Miststück!! Ist ihr denn gar nichts heilig?!"
Du darfst sicher sein, dass ich Trauer und Verzweiflung nur zu gut nachempfinden kann. Die perfekte Lösung dagegen habe ich allerdings noch nicht gefunden.

Ich selber leide unter einem kleinen „Gendefekt". Lachen und Weinen liegen bei mir zu eng beieinander. Ich erinnere mich mit Scham und Schrecken an Beerdigungen, bei denen ich zusammen mit meiner Schwester krampfhaft das Kichern unterdrücken musste. Ganz besonders, wenn wir wirklich zutiefst traurig waren. Zum Glück hatten wir BEIDE diese schreckliche Veranlagung und waren wenigstens nicht allein. Wir fühlten uns in solchen Momenten ganz besonders verbunden, auch mit dem Verstorbenen.

Wir wussten nämlich, gerade ER oder SIE würden uns verstehen! Die Toten haben nämlich viel mehr Humor als wir Überlebenden.

Du siehst also: Auch dieses Mal hast Du keinen Ratgeber vor Dir. Marlene ist keinesfalls Expertin in Sachen Trauer, sondern die totale Niete! Nichtsdestotrotz könnten Dir die nachfolgenden Geschichten weiterhelfen.

Wen oder was auch immer Du verloren hast, wie sehr Du am Sinn des Geschehenen verzweifeln magst: Du sollst wissen, dass Du nicht ganz allein bist! Selbst für ganz aussichtslose Fälle gibt es immer noch „Betti", Deine beste Freundin!

In jedem Fall bitte ich Dich um dieses Eine:

Gib Dich nicht auf! Gib das Leben nicht auf!!!

Deine so oft selber ratlose Marlene

P.S. Die gesundheitlich- medizinischen Vorgehensweisen von Marlene solltest Du nicht einfach fraglos übernehmen. Bitte frage Deinen Arzt oder Apotheker (lächel).

Lektion Eins: Ahnungslos

Es war doch alles wie immer! Normaler Alltag, kein Schmerz, keine Einbußen!
Wie kann es bloß sein, dass ich nichts gemerkt habe????

Gräme dich nicht, dass du nichts gemerkt hast! Sei einfach dankbar für die geschenkte Zeit, die euch blieb!

Das ist leichter gesagt als getan! Mal ganz ehrlich, GOTT, Schicksal oder was auch immer:
Diese Lektion finde ich hinterlistig, blöde und gemein.
Na ja, ich geb es zu, auch irgendwie gnädig, dass wir beide nichts gewusst haben! Muss ich jetzt auch noch dafür Danke sagen?

DANKE

Feiern für Geübte

5. Januar

Liebe Betti!

Danke für Dein Nachweihnachtsmail und all die interessanten Einblicke! Ich hoffe, Ihr seid GUT ins neue Jahr gerutscht, mit oder ohne Bruder. Wie Du es überhaupt schaffst, all den Besuch zu bewältigen, und sei er manchmal noch so lieb und ersehnt, bleibt mir ein Rätsel.

Ich war seeehr erleichtert, dass ich meinen Sohn Peter, Moni, Chrissi und Bernd am Silvestertag in der Ferienwohnung getroffen habe. Da war ich weder für Staub noch für Tischschmuck verantwortlich, konnte mich VORNEHM zum Essen ausführen lassen und aß heimlich auf dem Klo meine kleine eingeschmuggelte Gurke, damit meine Gastgeber wenigstens keinen teuren Salat zu bezahlen brauchten.

Anschließend gab es meine Schokotorte. Dazu fand ich folgendes Rezept im Internet:

200 gr Fett
300 gr Zucker
6 Eier
200 gr Mehl

Selbstverständlich reduzierte ich das Fett auf fünfzig Gramm, halbierte den Rest und verdoppelte das Mehl.

Als Fülle wurde empfohlen:
600 gr Sahne

Die spinnen!! Ich nahm natürlich bloß 150 gr und ein Becherlein Fruchtsalat.

Jetzt noch, ganz wichtig, der Überzug:

200 gr Schokolade
200 gr Sahne
1 EL Butter

Die haben den Silvesterknall!!!
Also nahm ich 50 gr dunkle Blockschokolade und 50 gr Sahne plus 1/2 EL Butter. Das läuft wie Wasser.

Ich überzog damit eine kleine Probetorte sowie die echte Torte für meine Gäste.

Zusätzlich blieb ein Schokorest. An dem knabbert meine zuckersüchtige Nachbarin immer noch, heute schon zum vierten Mal!

Alle, besonders Chrissi (!!!) waren sehr angetan von der leckeren Köstlichkeit. Weil die Probe-Torte nicht so riesig war, teilte ich mein eigenes Stück großzügig mit Karl Theo, und zwar abends, nach der Brotzeit. Karl mag angeblich keine Torte, aber ANSTANDSHALBER zückte er die Gabel sofort.

Als ich hinterher meinen Rest besichtigte, schien mir das Stück genauso groß wie vorher, aber erheblich FLACHER!!! Ich traute meinen Augen nicht: Karl der Maulwurf hatte UNSER Stück von unten her ausgehöhlt und mir den gesamten Schokoüberzug gelassen, SONST NICHTS!! Das war echt bitter!!!

Die große Torte habe ich natürlich eingefroren. Die gibt's an Ostern. Falls Dir also Dein Bruder freigibt, komm gern vorbei, mit Sigbert!

Abends hatten Moni und Peter schon wieder einen anderen Termin bei Freunden, sodass wir zwei Alten bereits um halb acht Uhr unseren versäumten Mittagsschlaf nachholten. Karl wankte um halb elf kurz aufs Klo, aber ich konnte ihn soweit beruhigen, dass er gleich weiter schlief. Er wachte nicht mal auf, als es um 12 hemmungslos zu knallen und böllern begann (offensichtlich hat er als Kind schon genug geballert!).

Ich kuckte vom Bett aus zum Fenster hinaus. Da sah man kaum was und nach fünf Minuten wurde es von all dem Pulverdampf dermaßen nebelig, sodass auch ich wieder beruhigt entschlummerte.

So gab es also im alten Jahr keinen Weltu...-g ...!!!

VORSICHT! Dieses Wort wurde kürzlich von einem Schlaufuchs patentiert. Man darf es bei 5000 € Strafe nicht mehr benutzen!!! Das NEUE Jahr haben wir verschlafen! Pech!

Alles GUTE Dir und Deiner Familie!!

Deine gut gesättigte und auf's Neue Jahr gespannte Marlene

Besucherfreude

7. Januar

Liebe Betti!

Danke für die schönen sinnigen Neujahrswünsche!! Du hast recht: Man soll sich das Leben so leicht wie möglich machen, sogar mit FETTEN Torten!

Und nun zum noch nicht erwähnten Rest der Familie.
Weil zuerst die kleine Laura und dann ihre Mama Jana krank waren, konnten sie ihren Weihnachts- und Silvesterbesuch nicht selber antreten. Also machte das „Christkind" vom Weissensee aus einen kleinen Abstecher nach Kempten.
Dort gibt es, oh Wunder, noch keinen Computer. Ich wurde von Laura sehr bald an der Hand gepackt und zu einem "Mitternachtsfest" im Kinderzimmer eingeladen. Laura zog die Vorhänge zu und schaltete kleine Funzellichter ein. Wir ruderten gemeinsam mit einem riesigen alten Stillkissen über die Teppichmeere, begrüßten den "braven" Löwen und den laut dröhnenden Elefanten, ritten auf dem Holzbesen und tanzten.
STOPP - bloß Laura tanzte, Oma humpelte (und stöhnte) rund um den Polstersessel.

Derweil verpasste ich, wie Jana meinem Karl ihr TOLLSTES Weihnachtsgeschenk seit 20 Jahren präsentierte. Es handelte sich um einen riesigen Werkzeugkoffer, und Jana schwärmte ihm mit leuchtenden Augen vor, wie einfach es sei, hinter dem Elternhaus ein eigenes Haus aus Styroporquadern zu bauen. Die brauchen nur mit Beton ausgegossen werden, fertig. Da bin ich mal gespannt, ob sie noch 2013 einziehen!!

Um halb sechs hatten WIR ZWEI ALTEN wieder mal unseren Erschöpfungspegel erreicht und verabschiedeten uns herzlich von der ganzen Familie. Janas Schwiegervater war noch nicht bereit für eine so baldige Trennung. Er erzählte in knappen Sätzen vom Holzmachen. Erst nach mehreren Minuten kapierte ich, dass er ein ganzes Waldstück besitzt: MISCHWALD!! Da ist praktisch jeder Baum anders: Birke, Pappel, Stieleiche, Fichte .. dazu die Variationen schief, krumm, lang, belaubt, angeknackst, vom Förster markiert, überfällig ...

OH GOTT, das Abendessen war auch längst überfällig! Janas Geschenkpaket mit eingemachten sauren Köstlichkeiten und fünf Kutteldosen für Karl (falls Du das Rezept brauchst??!!?) lasteten schwer auf mir und zogen meine Arme bis zum Boden. Laura nützte die Chance und bettelte, noch mal nach Giraffenhausen zu paddeln. ABER NICHT MIR!!!

Derweil brachte die Schwiegermama eine gut gefüllte Eierschachtel. Zum Glück haben sie bloß FÜNF Hühner und die sehen alle ziemlich gleich aus, so gab es weniger zu berichten!

Reich beschenkt verließen wir unsere gütigen Gastgeber und holten (erst um halb neun) unseren versäumten Mittagsschlaf nach.

Aber jetzt bin ich, wie Du siehst, soweit wieder frisch.

Morgen Medizinrad, Montag Altersheim, Dienstag Seniorenvereinsversammlung usw. usf. Alles beim (bei den) Alten!!!

Es grüßt Dich sehr sehr herzlich
Deine wieder ausgeruhte Marlene

Dazugelernt

16. Januar

Liebe Betti!

Danke für Deine köstliche Mail!! Dass Du so gerne Hausaufgaben machst, schreibe ich Deiner "guten Erziehung" zugute. Dein seliger Vater hätte sicher gestaunt, dass „uns Jungen" das Lernen tatsächlich mal Spaß machen könnte!

Ich selber bin seit zwei Wochen als Mathenachhilfelehrerin tätig, weil mich Karls Nichte höchstpersönlich darum gebeten hat. Sie ist jetzt in der dritten Klasse.

Ich erinnere mich noch mit Schrecken, dass sie sich vor einem Jahr, zwei Tage ehe das Christkind kam, weigerte, mit mir zu üben. Damals tobte ihre Mutter und drohte, es käme weder ein Christkind noch der Nikolaus. Aber Micki weigerte sich so nachhaltig, dass ihr kleinerer Bruder ängstlich fragte: „Auch kein Pudel?" „NEIN!", donnerte Mama.
„Auch kein Kranwagen?"
„AUCH NICHT!!", donnerte Mama.
Damals habe ich Micki pädagogisch wertvoll empfohlen, mit ihrem Papa zu üben. Der ist fast so Furcht einflößend, wie Deiner es war!! Und Micki sagte energisch: „Gut, dann mit dem." Wir staunten Bauklötze, anstatt mit ihnen zu zählen. Das Christkind durfte kommen und ich wurde nie mehr zum Rechnen gebraucht.

Aber jetzt darf ich wieder meine handgesägten Klötze anschleppen, drei Tausender, ganz schön schwer!!

Meine kleine Enkeltochter Conni hab ich noch nicht mal auf einem richtigen Foto gesehen, geschweige denn in echt. Damit Karl Theo irgendwann mit mir an die Nordsee fährt, musste ich ihn mit einer Mallorcareise bestechen. Allmählich kenne ich die Tricks, wie man die kleinen und großen Buben überzeugt!

Deine „pädagogisch versierte" Marlene

Gut vorbereitet

20. Januar

Liebe Betti!

Vor unserer Reise gab es noch einige kleine Aufregungen. Zuerst kam ein Einschreibbrief meines bisherigen Lieblingsmieters mit einer zweiseitigen Mängelliste. Da ich die Schreibmaschine unserer neu eingezogenen Mieterin sofort erkannte, die uns jeden Monat einen solchen Brief zukommen lässt, wusste ich gleich, woher der Wind weht. Aber wütend war ich trotzdem!!

Als ich wie gewohnt meine zwei Seiten in der Bibel las, stand da: „Wenn Dich einer auf die linke Backe schlägt, ...". Ich schäumte vor Wut und dachte: Aber gerade der, für den ich immer und alle Zeit und KOSTENLOS so viel getan habe ...

Da ging´s in der Bibel schon weiter: „Deine Rechte soll nicht wissen, was Deine Linke tut. Tut Gutes denen, die euch hassen!"

Voller Wut berichtete ich meinem verständnisvollen Karl, dass mir jetzt sogar die Bibel in den Rücken gefallen sei. Danach konnte ich endlich wieder - wenigstens über mich selber - lachen!!

Nachdem ich schriftlich die Mängelliste abgearbeitet hatte, bestes Briefpapier, bestes Deutsch, aber KEIN Porto!!!, schickte ich Karl Theo los. Vergnügt kam er am Abend zurück, mitsamt dem Brief, denn man könne ja mit den Leuten REDEN! ACH JA?????????????
Nun darf ich morgen HÖREN, was der Sachverständige für verschimmelte Wohnungen so alles zu sagen hat. Bezahlen müssen wir sowieso selber, weil der Mieter bekannterweise keinen Cent mehr besitzt. Schließlich hat der Gute seine letzten vier Euro dreiundvierzig Cent für PORTO vergeudet!

Mein Porto für Helens Geburtstagspäckchen war auch für die Katz. Denn vorgestern brachte mir der Briefträger ein riesiges Paket. Ich sagte: „Ohhh, ich hab gar nichts bestellt." Dann erkannte ich mein eigenes liebevoll gepacktes Paket wieder. Anscheinend ist die Deutsche Post nicht ganz dicht!!! Der Regen hatte die Adresse abgewaschen.

Gestern hab ich noch ein Medizinradseminar mit acht traurigen, wütenden, einsamen "inneren Kindern" abgehalten. Zum Schluss haben wir mit meinen alten Musikinstrumenten ein abartig schönes Rassel - Quietsch - und Trommelkonzert veranstaltet.

Jetzt muss ich mich nur noch an meinen neuen Computer gewöhnen, ehe er mich zum Wahnsinn treibt! Den alten vermisse ich schmerzlich. Wenigstens konnte ich heute Morgen ein paar alte Adressen und sonstige Kostbarkeiten retten.

Ich hoffe, bis ich wieder schreibe, passiert so einiges, aber bitte nur GUTES!!

Die nächsten zwei Wochen sitze ich jedenfalls weder am Computer noch bei irgendwelchen Kindern, sondern auf Mallorca!! Leider kann ich Dich nicht mitnehmen, ich täte es echt von Herzen gern!

Deine bereits packende Marlene

Wieder Zuhause gestrandet

8. Februar

Liebe Betti!

Juhu, ich bin wieder da, seit Mittwochnacht, aber noch nicht für etwas RICHTIGES zu gebrauchen! Ich maile, wenn ich wieder ganz DA bin. Und ja, hier in unserer Wohnung ist es deutlich wärmer als am Mallorcastrand, ächz!

Bussi Deine Marlene, die ganz oft an Dich gedacht hat!!

Mallorca sehen und sterben

10. Februar

Liebe Betti!

Als er völlig erschöpft wieder zu Hause in Wasawieslein zur Türe hinein wankte, stöhnte mein geliebter Karl Theo, für den ich dies alles erlitten habe: „So, das war´s! Das tu ich MIR nie wieder an!"
Mal ehrlich, Betti, hätte es nicht heißen müssen: UNS????
Tatsache ist doch: Mein über alles Geliebter hat mir seit Jahren in den Ohren gelegen, es müsse UNBEDINGT die Hauptstadt Palma auf Mallorca sein!!

Es war um diese Jahreszeit reichlich kühl in Ermangelung einer für Sibirien geeigneten Winterausrüstung, aber immerhin täglich ÜBER Null.

Karl hatte sich trotz meines ängstlichen Aufschreis ein Zimmer im neunten Stock gewünscht. Wir besaßen tatsächlich eine tolle Sicht auf die Lichter von Palma und seitlichen Meerblick. Dazu war der Balkon schön schattig und wir konnten ihn als kostenlosen Kühlschrank für Leinöl, Pumpernickel und Tartex benützen, sodass ich für alles gut gerüstet schien.

Nachts kamen Esoteriker wie ich besonders auf die Kosten, weil wir mehrmals Tisch- und Stühlerücken miterleben durften. Zur Geisterstunde ging es los. Rrrrrrrrrrrrrrumps, Holter-Dipolter, Rrrrrrrrrrrrrrumps.
Ich raste auf den Balkon und sah, wie der Sturm donnernd die Plastikmöbel von einer Wand zur anderen verschob.

Notgedrungen transportierten wir das gesamte Inventar in unser sowieso enges Zimmer. Erschöpft genossen wir die eintretende Ruhe.

Dann wieder: Rrrrumps, Rrrrumps. Tja, es gab noch viele Balkone auf dieser Hotelseite. Dann wurde es richtig ernst. Ein lauter Knall, ein schreckliches Klirren. Ich raste wieder nach draußen. Sollte mein kostbares Leinöl Schaden genommen haben, in einer stoßfesten Tasche, dreifach gepolstert, vierfach angekettet??? Aber nein, das Öl war noch immer sicher verstaut und unversehrt. Dafür hatten uns die unheimlichen Geister die Hälfte eines dicken, schweren Glas-Aschenbechers auf den Balkon gedonnert. Wir grübelten lange über diese Botschaft nach.

Selbst heute am Aschermittwoch hab ich noch keine Antwort darauf gefunden. Höchstens, dass wir in Zukunft im Februar lieber den eigenen Kamin rauchen lassen sollen, anstatt einen herrlichen, aber eiskalten Sandstrand zu bewundern, den man mit nackten Füßen nicht betreten kann.

Immerhin kenne ich jetzt sämtliche Speisekarten in der "Ballermann"-Straße. Weil außer uns und noch 100 anderen ältlichen Leutchen niemand zum Ballern da war, hatten fast alle Gaststätten geschlossen. Macht ja nix, siehe oben.

Demütig besuchten wir die Kathedrale von Palma mit wundervollen Glasrosetten, und die Franziskanerkirche in Arenal, die sogar 600 qm Glasfenster besitzt, wirklich schön.

Pünktlich zum ersten Februar zuckelten wir mit dem Bähnle nach Söller, bestaunten unterwegs die blühenden Mandelbäume, die sich trotz Kälte nicht lumpen ließen.
Um die zehn Euro für die Straßenbahn zu sparen, beschloss ICH gegen Karls Protest zu Fuß zum Hafen von Söller zu laufen.

Wir hatten bloß 120 Minuten Aufenthalt, weil ich nicht volle vier weitere Stunden auf die Eisenbahn warten wollte. Also mussten wir leider, leider nach 65 Minuten umdrehen, ohne einen einzigen Schluck Wasser gesehen oder getrunken zu haben. Ich keuchte voraus, da ich unbedingt den Zug erwischen wollte. Karl wurde immer langsamer, je mehr ich rannte. Wie ein trotziges Kleinkind hing er an meiner unsichtbaren Leine und ließ sich ziehen. Ich drehte mich jede Minute dreimal um, ob er noch da war, hetzte ihn bei Rot über die Ampel und suchte gleichzeitig nach abkürzenden Schleichwegen.

Du wirst es nicht glauben, wir waren fünf Minuten zu früh am Bahnhof und konnten noch einen riesigen Schwarm Tauben mit unseren ausgedörrten Weißbrotresten beglücken. Na also!!

Karl Theo gönnte sich am Abend von den zehn gesparten Euros zwei wohlverdiente Bier. Mallorca ist echt TEUER!!

Schön, wieder zu Hause zu sein! Wie Du am Datum siehst, habe ich eine geschlagene Woche gebraucht, um mich zu regenerieren und Wäsche zu waschen.

So bin ich für die Nordsee gut vorbereitet, falls mich Helen auf Knien um Hilfe anflehen sollte, doch mal zu kommen. Ihr Leo wird ab nächste Woche wieder arbeiten, in Hannover!!! Das ist über zwei Stunden weit weg und er wird nur noch am Wochenende zuhause sein, eine gewaltige Umstellung für alle. Da könnte doch endlich eine leibhaftige Oma gebraucht werden, oder etwa NICHT?????

Wie gut zu wissen, dass zumindest Du meine Nähe zu genießen weißt! Es steht zu Diensten, falls DU mal in Omas Armen kuscheln magst

Deine zu allem bereite Marlene

Alle(s) zusammen

13. Februar

Liebe Betti!

Am Sonntag hab ich mit Peters Familie samt Schwiegereltern gefeiert. Diesmal waren Fernseher und Computer gleichzeitig blockiert. Bernd hat nämlich zum Geburtstag ein Fußballspiel bekommen, bei dem man selber mitmachen kann.
Als ich interessiert fragte: „Welcher Spieler bist Du denn?", sagte er ein wenig herablassend: „Ich bin der GANZE FCA".
Ja, klar, alte Oma, ich bin schon seeeehr unwissend!!

Zum Glück stand deshalb Chrissi für uns zur freien Verfügung. Zuerst spielte er mit dem anderen Opa auf dem Boden mit einer Schleuder Figuren abschießen. Die standen in einem zusammengebauten wackeligen Pappsteinpuzzle. Opa Eugen war eindeutig im Vorteil. Als er den letzten Gegner "abgeknallt" hatte, seufzte er zufrieden: "SIEGER." Da nahm Chris die Schleuder an sich, feuerte professionell gegen die Pappteile, dass das ganze Gebilde in sich zusammensank, und verkündete stolz: „Wer den Todesstern zerstört, hat gewonnen!!!!"

Als Nächstes wählte er sein Lieblingsspiel "Hotels" aus, da können gleich vier Leute mitmachen. Wir Alten rauften uns darum. Schlussendlich durften Oma Resi, Papa Peter, weil er ein bisschen die Regeln kann, und ich.
Chris wandelt eindeutig auf den Spuren von Uropa Franz, Oma Marlene und Papa, denn er ist ein cleverer finanzstarker Bankier. Schon nach drei Würfelrunden verkündete er:
„Die Karte, die ich da gezogen habe, bedeutet, dass ich jetzt alles KOSTENLOS kaufen kann".

Oma Resi und ich schauten entgeistert zu Peter: „Stimmt das????". Peter seufzte und zuckte unwissend die Achseln. „Wenn Chris das sagt ...????"

Der kleine Raffki holte sich sämtliche noch zur Verfügung stehenden Hotels, baute seine Gartenanlagen auf und legte die Zufahrtsstraßen aus. Nach zwei aus seiner Sicht sehr befriedigenden Runden stand er auf und ließ sich "kurz" von Opa Karl vertreten. Der war unsicher, was er machen musste.

Aber es war doch piep-einfach. Egal was er würfelte, egal wo er stand, ob Hotel, Baustelle, Zugangsstraße, Gartenanlage, immer hieß es dreistimmig von unserer Seite: „Du brauchst nichts tun, das gehört dir schon". Und wir zahlten, zahlten und verschuldeten uns, bis Moni die zwei Papageien frei fliegen ließ, die uns mit kräftigem Flügelschlag die Geldscheine (CHRISSIS Geldscheine) vom Tisch wehten und so Platz schafften für den Geburtstagskuchen.

Deine zufriedene, reichlich satt gegessene Marlene

Vergesslich

21. Februar

Liebe Betti!

In Gedanken bin ich natürlich bei Dir und „Deinem" Zahnarzt. Sei gut behütet, ich schicke schon mal alle Kau- und Kiefer-Engel!

Wir waren am Sonntag an den Weissensee gedüst, um all das, was meine Nichte oben vergessen hatte, heimzuholen. Am Mittwoch Morgen saßen wir hier in den Bergen ganz überraschend mitten im Schnee fest, bei ungeräumten Straßen. Weder Karl noch ich wagten sich bei diesen Verhältnissen ans Steuer. Nachdem das Schneetreiben nachgelassen hatte, konnten wir dann doch heimfahren und haben nun meine Büchertasche stehen lassen plus dem für mich lebenswichtigen Navi!!
   Wir suchten heute unsere Wohnung dreimal gründlich ab, bis wir kapierten, was los war. Sorry, dass ich unter diesen Umständen trotz meiner Mitgefühle nur kurz schreibe! Ich muss nämlich heute den ganzen Tag weg und von Freitag bis Sonntag bin ich auf Krafttier-Seminar, OHNE Navi. Am Montag hab ich eine Beratung im Keller, den ich VOR unserer Urlaubsreise nach Mallorca als Seminarraum benutzte und leider noch immer nicht aufgeräumt habe.
   Seufz, an DICH denke ich, ganz ehrlich!

   Deine mitfühlende Marlene

Lektion Zwei: Tatsachen

Der Wahrheit ins Auge zu sehen tut echt weh! Es gibt einfach zu viele Fragen auf diese Antwort.

Dafür kennst du jetzt genau die Marschrichtung und kannst dein Boot neu aussteuern. Das gibt dir eine Festigkeit, die du bisher nicht kanntest.

Mal ganz ehrlich, darauf könnte ich verzichten! Wofür sollen all die Veränderungen in unserem Leben schon GUT sein???

....

Ja ja ja, ich weiß!
DU meinst es immer gut mit uns Menschen.
Ich muss allerdings zugeben, die Geschichte mit dem Habicht fand ich wirklich hilfreich. Da konnte ich mir gleich zu Anfang die Augen ausheulen! Ohne dieses Erlebnis hätte ich den Rest wohl nicht durchgestanden.

....

Übrigens DANKE, dass DU ausgerechnet einen Habicht geschickt hast. Den kenne ich nämlich vom Medizinrad: Zeichen für Neuanfang, Energie und Frühlingskraft. Wie sinnig!!!

Im Auge des Habichts

1.März

Liebe Betti!

Herzlichen Dank für Dein langes Mail! Ich bin in Gedanken natürlich bei euch und euren Sorgen.
Inzwischen hat sich auch bei mir vieles ereignet. Ich bin nicht zu Helen gefahren und es steht in den Sternen, ob es im März noch klappen wird.
Aber Du und ich, wir stehen ALLE unter dem Schutz und der Führung der Engel!!!

Am Wochenende, das noch wirklich SCHÖN war, habe ich bei einem Medizinrad-Seminar über das innere Krafttier die Chance bekommen, mehrere Stunden nicht zu sprechen und bin in eine ungeahnte Ruhe gekommen.

Eine der ersten Übungen war: Man steht im Rücken zur Gruppe. Alle schicken aus tiefster Seele ganz viel Liebe, und dann schreit der in der Mitte, was das Zeug hält.
Da kam so viel Wut und so viel alter Schmerz, ganze Generationen von Wut, Schmerz und Verzweiflung, dass wir viel geheult haben. Dieses Schreien hab ich mir seit meiner letzten Bioenergetik-Gruppe nicht mehr gestattet, d. h. seit 25 Jahren!!
Dabei wäre es so einfach. Ein einsames Fleckchen, wo man nicht gehört wird, gibt es immer mal, z. B. im Auto!!

Hinterher entdeckten wir eine solche Kraft in der Stimme, um zu singen, es war unglaublich! Dazu einen Rhythmus in den Händen und im Körper!

Natürlich hat sich sofort der Kopf eingeschaltet: Zu laut, zu hoch, zu falsch, zu langsam, nicht im Rhythmus, passt nicht dazu, stört ...

Ich glaube, genau um das geht es. Die Medizinfrau erklärte uns, dass es bei den Indianern NIEMALS falsche Töne und Rhythmen gibt. Alles ist unser ureigener persönlicher Ausdruck. Jeder von uns darf sein, wie er ist. Und JEDE/R ist unverzichtbar. Die fehlende Lücke wäre durch nichts zu füllen.

Bei der darauf folgenden Übung konnte ich das Eins-Sein regelrecht spüren.

Ich WAR ein Habicht, der schrille Schreie ausstieß und über die brav am Boden ruhenden Meditierenden „hinwegflog", ohne größere Kollateralschäden zu verursachen.

Zum Schluss teilte uns die Leiterin gütig grinsend mit, dass wohl leider keine/r von uns seinem inneren Tier begegnet sei. Ihre Begründung: Tiere benennen sich nicht mit Namen.

Aber Du wirst es nicht glauben, am kommenden Tag beim Spazierengehen flog ein leibhaftiger Habicht direkt über meinem Kopf und hockte sich mitten auf die Straße. Ich trug ihn mit meinen behandschuhten Händen sanft an den Straßenrand und setzte ihn im Gebüsch laubgepolstert ab. Er blickte mich lange an, machte aber keine Anstalten, "wieder ins Leben zurückzukehren".

Ich musste derart heulen, dass ich gar nicht mehr aufhören konnte. Ich wusste einfach nicht mehr weiter.

Dann sprach ich ein indianisches Segensgebet, um den Vogel wenigstens beim Sterben zu begleiten.

Daheim bemühte ich mich um männlichen Beistand. Wir suchten ein geeignetes Tragemittel und probierten verschiedene Körbe aus. Karl Theo suchte noch die Telefonnummer unseres örtlichen Jägers heraus, "der sich da auskennt"!!!

Als wir zum Habicht zurückkehrten, war er einfach davon geflogen, ohne eine einzige Spur zu hinterlassen.

So, Betti, Schluss mit Reden!
Was ich die letzten Tage eindrücklich erfahren habe: In der Natur, ganz in der Stille, beginnt der Verstand zu ruhen. Ich sehe voll Entzücken die Amseln, einen Baum, die Sterne, die Schneemassen, die sich vor unserem Hauseingang auftürmen …
Das Wunderbare daran ist: Ich habe seither keine Angst mehr. DAS IST NEU und unglaublich schön!!

Diese neue Einstellung brauche ich dringend. Weil ich nämlich zurzeit allein zuhause bin!!! Karl Theo lässt sich im Krankenhaus durchchecken. Aber er sagte mir, das fällt unter ärztliche Schweigepflicht, Datenschutz und sonst noch was.
Du siehst, sein Kopf funktioniert so einigermaßen, das ist die Hauptsache! Autofahren allerdings würde ich ihn nicht lassen, nicht einmal allein in der Wohnung.

Vor der Diagnose könnte es mich grausen. Aber der Weg ist das Ziel. Wer weiß, für was das alles einen Sinn ergibt.

Tja, unsere Männer!! Dankbar sein für jeden Tag, den wir gemeinsam hatten; dankbar, dass er noch da ist, selbst wenn er manchmal nervt oder bremst; dankbar für jede Erfahrung, die uns weiterbringt; dankbar, dass uns die Engel nicht verlassen, wenn es anfängt, zu schmerzen. Und wissen, dass unser aller Weg letztendlich in ein wunderbares Licht führt, NACH HAUSE.

Deine noch immer zuversichtliche Marlene

Die nackte Wahrheit

2. März

Liebe Betti!

All dies war GESTERN! Denn nun haben wir eine Diagnose und der Oberarzt war der Meinung, wir wüssten es doch schon seit Dienstag???? Mein geliebter Karl wird am Montag operiert, Hirntumor, gut zugänglich, rechts, was ja angeblich besser sei als links????
Der Vorteil für Karl ist vielleicht tatsächlich, dass er emotionsloser zu sein scheint als früher und deshalb nicht aufbegehrt. Ich selber schwanke zwischen Heulen und Gottergebenheit.

Ob ich unter diesen Umständen meine Enkelkinder am 13.März besuchen kann, trotz meiner so herrlich billigen Bahnkarte, die ich mir ergattert habe, und des kostenlosen Schlafplatzes bei Helen, weil mein geschätzter Schwiegersohn die ganze Woche auswärts sein wird, steht jetzt in den Sternen.

Dabei hatte ich mir so sehr gewünscht, endlich mal die kleine Conni zu besichtigen!

Liebe Betti, schön mit Dir zu reden, schön mit Dir zu schweigen.

Deine sich nach Ruhe sehnende Marlene

Nutzlose Fragen

3. März

Liebe Betti!

Mir geht es genauso! Die Fragen nach dem Warum wollen mich nicht loslassen.

Wobei ich sorgfältig unterscheide zwischen den absolut nichts bringenden und den schmerzlichen Fragen.

Kategorie Eins:

Warum MEIN Mann? Warum DEIN Mann?
Warum ausgerechnet Karl Theo?
Warum diesmal ausgerechnet der KOPF?
Haben die fünf Bypässe vor vier Jahren wirklich nicht gereicht??? Noch dazu, wo das Herz jetzt gerade so super genesen war, dass wir tatsächlich wieder an kleine Bergtouren denken durften!
Warum hat mein Liebster wegen seiner Gesundheit auf so vieles verzichtet (sogar sein zweites Bierlein am Abend), wenn es sowieso für die Katz war? (Erspar Dir die Nachfrage: Unsere Katz bekommt natürlich KEIN Bier!)

Die Antwort lautet jedes Mal schlichtweg: Nix zu machen. Es ist eben so.

Also darf ich auswählen zwischen zwei Möglichkeiten:

A) Fatalistisch, fatal, Hoffnungen kannst du dir sparen ...

ODER

B) Ich stimme gläubig und demütig zu, dass es aus nur „GOTT" bekannten Gründen so sein muss.

Aber jetzt gibt es zu meiner Qual noch die anderen Fragen.

Wieso hat Karl Theo nichts gemerkt?
Wie blöd muss ich sein, dass ICH nichts gemerkt habe?
Hätte ich rechtzeitig etwas tun können?

Leider gibt es auf diese schmerzlichen Fragen überhaupt keine Antwort. Ich habe es eben nicht gemerkt, Punktum!
Im Nachhinein erinnere ich mich natürlich bis ins Kleinste!

Karl Theo, der so unsicher Auto fährt, dass mir ein paar Mal das Herz stehen bleibt – noch vor ihm!
Karl Theo, der früher so lustvolle Autolenker, der sich im vergangenen Herbst strikt weigert, noch einmal im Leben an die Nordsee zu fahren.
Karl Theo, der auf Mallorca wie ein widerspenstiges Kind hinter mir her trödelt, zu nichts Lust hat, keine Zeitpläne akzeptiert.
Karl Theo, den ich während meinem letzten Medizinradseminar VORSICHTSHALBER tagsüber bei seiner Schwägerin „geparkt" habe (mit der Ausrede, „damit es ihm nicht langweilig wird"!!!!)

Und am allerletzten Tag: Karl Theo, der wieder mal stundenlang hinter mir steht und ich Dussel fühle mich beobachtet und überwacht, wage kaum noch etwas „Wahres" zu schreiben, damit er mich nicht dabei erwischt!

Genau so stand mein lieber Mann zwei Stunden später am Banktresen, nachdem er mir heimlich entwischt war und wie ein frecher Lausbube mit dem Auto zur 5 km entfernten Sparkasse fuhr. Von den Angestellten dort wurde ich achselzuckend informiert: „Was sollen wir mit Ihrem Mann anfangen? Er geht einfach nicht mehr weg vom Schalter."

Ehrlich, Betti, ich schwöre: Erst in der Bank, als ich Karl Theo nach Hause holen wollte, entdeckte ich, was alle mit Sorge sahen: ein seitlich verzogenes Gesicht, den schlaffen linken Mundwinkel, die ungeschickten Schritte, Verdacht auf Schlaganfall.

Jetzt, wo Karl im Krankenhaus liegt, hab ich die alten Fotos herausgekramt und SEHE: Das war schon im Winter so, ganz deutlich zu erkennen bei den Mallorca-Aufnahmen!!

Deine über sich noch immer entsetzte Marlene

Er-Wartungen

4. März

Liebe Betti!

Du hast recht, wahrscheinlich sind wir Zwillingsschwestern! Danke für Dein Mitgefühl, und ich umarm Dich für Dein Verständnis und Dein Mitsorgen. Noch dazu wo ich weiß, wie große Sorgen Du Dir derzeit um Deinen eigenen Mann machst!

Nachts grüble ich mehr als am Tag, worin der Sinn liegt. Aber der Weg unserer Männer ist ihr eigener, wir begleiten nur. Und wir lesen in ihrem Spiegel, wo es bei uns selber hakt. Was muss/DARF ICH verändern?
Schon klar, SELBER putzen, Schneeschippen, aufräumen, schleppen. Ich werde stärker und selbstbewusster, treffe Entscheidungen. Gut, dass mich noch immer der Habicht begleitet!

Nach einer Bachblüten - Beratung mit einem wundervollen Jungen, der die Schuhe genauso langsam bindet und genauso langsam spricht wie Karl, habe ich gespürt, was ich WIRKLICH TUN WILL: Zusammen mit Kindern (und den inneren Kindern der Erwachsenen) die Weisheiten der Indianer spielend erfahren, um zu dieser mentalen Ruhe inmitten der Gefühlsstürme zurückzufinden. Dazu fiel mir meine Freundin Karla ein und ihr Schuppen auf dem Feld in der nähe von Wasawieslein. Da hätten wir ein richtiges Medizinrad und die ganze Natur.

Solche Pläne halten mich aufrecht. Du siehst, es geht weiter, irgendwie.

Deine Marlene, die noch immer an eine Zukunft glaubt

Alternativen

5. März

Liebe Betti!

Danke, dass Du so intensiv mitdenkst.

Nein, Karl Theo wird und kann sich nicht gegen die OP entscheiden, so wie er gestrickt ist. Er vertraut den Ärzten blind.
Sein Doktor hielt keinerlei Alternativen für möglich.
„Selbstheilung? Das gibt es in DIESEM Fall nicht!", hat er doziert. WÖRTLICH!
Irgendwie schon spannend, in WELCHEM Fall denn dann???
Wenn es nicht so traurig wäre, könnte ich fast darüber lachen.
Aber so heul ich halt, und Du schreist. Doch schön, die Emotionen zu spüren, so lebendig!!!

Ich sehe meine eigentliche Aufgabe darin, MICH zu behandeln. Also wünsche ich meinem Karl all die wunderbaren Dinge, die ich selbst gern hätte: Frieden, Ruhe, Harmonie, Stärke, eine liebevolle Begleitung, Hoffnung, Entscheidungskraft, Mut, hohes Bewusstsein.

Ein besonderes Dankeschön noch dafür, dass Du mich eine „starke" Frau genannt hast. Die Starke bist wohl zurzeit DU, aber ich nehme es gern als Kompliment.

Übrigens haben wir beim Indianerworkshop genau diese Übung gemacht: Einer in der Mitte verteilte an die im Kreis je ein Kompliment. Z. B. hammerhart: *Du bist SCHÖN!*
Wir liefen im Kreis und schrien dem in der Mitte sein Kompliment zurück:

Du bist schön! Du bist wundervoll! Du bist liebenswert! Du erreichst alles, was Du willst! Du bist SEXY (uiiiii)!!!, usw.
Da gab es viele Tränen. Aber zum Schluss saß ich in der Mitte und schüttelte mich vor Lachen.

Heute bin ich traurig. Dafür lächeln die Engel, die wissen wenigstens, warum und wozu das Ganze.

Dickes Bussi von Deiner Marlene

Hoffnungsschimmer

9. März

Liebe Betti!

Danke für die Engel, sie haben eindeutig geholfen. Es ist ein Weg der kleinen Schritte, aber es scheint wieder ein wenig vorwärtszugehen.

Die Operation ist geschafft und Karl Theo hat sie soweit gut überstanden. Um Lähmungen zu vermeiden, wurde nicht alles entfernt. Er wird wohl Bestrahlungen bekommen, falls er zustimmt. Eine weitere OP oder Kernspin VERWEIGERT er vehement, schon mal vorsorglich!
Dass es ihm seit einigen Tagen besser geht, ersiehst Du daraus, dass er mich bezichtigt, ein Helfersyndrom zu haben. Damit kann ich leben!! Ansonsten warten wir gelassen ab.

Im Vergleich zu früher scheinen die OPs heutzutage etwas leichter erträglich geworden zu sein. Dafür ist aber der Lerneffekt geringer. Zumindest hat sich bei Karl Theo nichts sichtbar verändert, außer ein paar Haare weniger, grins.

Natürlich ist das mein SPIEGEL: ICH WILL nicht, dass sich was verändert, ICH lerne nicht.

Als ich gestern eine Stunde lang, wieder mal, das ganze Krankenhaus nach Karl absuchte, obwohl er aufgrund unseres Telefongespräches WUSSTE, dass ich jetzt komme!!!, hab ich geheult vor Wut, und geschlottert vor Sorge, weil er noch nicht alleine so weit und so lange gehen soll.
Dann hab ich kapiert: Na klar, es ist, wieder mal, MEIN eigenes inneres Kind, das hier zu spinnen beginnt.
Ganz das fette Puma-Thema, das ich heute bei meinem Seminar behandeln werde: ICH entscheide ganz alleine, ob ich ein Opfer bin. Ich könnte es jederzeit auch ANDERS sehen! Es ist eine reine Sache des bewussten Seins und eine Sache der Leidensfähigkeit, denn es TUT WEH.

Absagen wollte ich das Medizinrad freilich nicht. Vielleicht tut mir die Anspannung ganz gut, quasi als Ablenkung.

Zu meiner großen Erleichterung habe ich meine nächtlichen Ängste loswerden können und ertrage das Alleinsein jetzt ganz gut. Aber Karl wird sowieso bald wieder nach Hause kommen.

Ich hoffe, DEIN Liebster hat sich bereits wieder gut erholt!! Du selber, Betti, hegst hoffentlich freundliche Gedanken und triffst Dich TÄGLICH mit Deinem "inneren Kind"!

Ich wünsch Dir alles Liebe und umarme Dich.
Danke für Dein gedankliches Dabei sein!!!

Deine „bewusst sein WOLLENDE" Marlene

Lektion Drei: Lernschritte

Ich will ja nicht motzen. Aber was wir da zu lernen haben, kommt mir nicht sehr lustig vor.

Wolltest du nicht immer ALLE Gefühle wahrnehmen und respektieren? Die Bandbreite ist viel größer, als du ahnest.

Ja, danke sehr, das habe ich bereits gemerkt! So genau wollte ich es wieder auch nicht wissen!

Lass dich tapfer auf diesen Lernprozess ein! Du wirst auch Schönes und ganz Neues entdecken.

In Ordnung! Aber ich verlasse mich auf DEINE Hilfe!

Versprochen!

Beeilung

13. März

Liebe Betti!

Bussi zurück! Ja, war schön mit Dir, so entspannend!

Jetzt hetze ich wieder zwischen Wasawieslein und Krankenhaus hin und her.
Karl darf WAHRSCHEINLICH dieses Wochenende, sprich HEUTE, nach Hause. Das erfahre ich um 9 Uhr.
Um halb zehn soll ich drin sein!
Essen würden wir heute auch noch gern, aber dazu kaufen wir VORHER noch ein.

Es ist halt ein Chaos, auch in meinem Kopf, SEHR behandlungsbedürftig!! Wenn ich irgendwann jemals dazu Zeit habe, werde ich meine alte Kräuterapotheke durchforsten, um mir selber zu helfen!

So, jetzt dann bald Abflug, vorher noch Steuererklärung, damit der Tisch sauber ist, FALLS ...

Eiligst, Deine Marlene

Entscheidungen

27. März

Liebe Betti!

Wenn Du dieses liest, bist Du hoffentlich gut zurückgekehrt!

Karl Theo hat für seine Bestrahlungen grünes Licht gegeben.
Willst Du wissen, wie so eine Entscheidung gefällt wird?
Seine Frage an den Arzt:
„Wie lange habe ich noch OHNE Bestrahlung?"
Antwortet der Arzt: „6 Monate."
Sagt mein Karl Theo: „Okay, ich mach es."

Jetzt wird mein Liebster täglich zur Bestrahlung vom Taxi ins Krankenhaus gebracht und erweckt soweit einen guten Eindruck.

Aber seit Kurzem steht das Gespenst Chemotherapie im Raum und ich bin sehr verunsichert. Man hofft einfach immer wieder, es wird schon weitergehen. Falls Du da noch irgendeinen Rat hast??

Obwohl auch diesbezüglich die Entscheidung im Prinzip schon gefallen ist.
Anderer Arzt, das gleiche Spiel:
Karl Theo fragt:
„Wie lange habe ich noch OHNE Chemo?"
Antwortet der Arzt: „6 Monate."
Sagt mein Karl Theo: „Okay, ich mach es."

Deine Marlene, die hier (leider) nichts mitzureden hat

Ungeliebte Normalitäten

1. April

Liebe Betti!

Ja, ich finde Karls Entscheidungen auch traurig. Aber aus seiner Sicht muss ich es verstehen und SCHLUCKEN! Nachdem ich so viele Nächte nicht mehr richtig schlafen konnte, habe ich begonnen, meinen bereits angegammelten Hopfenblütentee aus dem Jahre 2008 aufzubrauchen.
Schon die erste Tasse brachte durchschlagenden Erfolg. Ich begann binnen einer halben Stunde hemmungslos zu heulen und fühlte mich hinterher so richtig entspannt.
Nach einer Dreitagekur entschloss ich mich, noch schnell das Finanzamt zu erledigen, solange es Karl einigermaßen gut geht.

Als ich meine Papiere vorlegte, entdeckte der gewiefte Finanzbeamte, dass ich bei der Rechnung für einen Buchladen die sieben Prozent Mehrwertsteuer ausgewiesen habe. (Ich hatte damals einfach brav nach Anweisung des Händlers geschrieben).
Sofort musste ich in ein anderes Zimmer, wo mich gleich zwei finster blickende Herren zur Ausfüllung einer Umsatzsteuererklärung verdonnerten!!! Normal muss man das erst über 17500 € Jahreseinkommen machen. Da fühlte ich mich mit meinen MINUS 58 € Gesamteinnahmen total unverstanden! Jetzt soll ich also noch Mehrwertsteuer zahlen, für mein Minus, UND ZUM STEUERBERATER !!!

Plötzlich fing der Hopfentee wieder an zu wirken und ich begann zu heulen. „Kranker Mann zu Hause, Steuerberater so weit weg", stammelte ich kläglich.

„Das lässt sich jetzt nicht ändern. Der Schaden ist bereits eingetreten! Wegen Ihnen geht jetzt der Buchhändler zum Finanzamt und holt sich die FÜNFUNDSECHZIG CENT". Ich schluchzte inbrünstig und voller Schuldbewusstsein.

„So schlimm auch wieder nicht! Bedenken Sie", dozierte Herr Finanzamt. „Mit Ihrer Umsatzsteuer bezahlen Sie jetzt Kindergärten und sanieren Straßen".

„Ach wirklich???".Ich staunte.

„Und im Übrigen", bellte der zweite Herr, „stellen Sie sich mal vor, der SEGMÜLLER würde seine Umsatzsteuer nicht abführen wollen …"

Ja dann, dachte ich kleinlaut, aber auch wieder ein wenig stolz. Wenn der deutsche Staat mich und den Segmüller so dringend braucht ... Und es ist ja bloß für fünf Jahre.

Draußen auf dem Flur heulte ich erst mal so richtig los und schwankte anschließend zum Ausgang.

Total mit den Nerven fertig, fegte ich an der Tür das wegweisende Schild vom Ständer, klaubte es wieder auf, fiel noch mal über den Ständer und hockte mich von Tränen geschüttelt (blöde Hopfenblüten!!!) neben den Eingang. Eine ältere Dame hob für mich das Schild auf, klemmte es fest und wollte mich heimfahren.

„Zu weit", seufzte ich. Während ich sie tränenblind anstarrte, erkannte ich eine Kollegin von früher. AUCH DAS NOCH!! Ich versank vor Scham und sah im Geiste schon, wie das ganze Lehrerkollegium über mich lachen würde.

„Oh, Frau W.", flüsterte ich, „das ist mir jetzt ja wirklich peinlich."

„Braucht es nicht", sagte die (ebenfalls frühpensionierte???) Religionslehrerin. „Mir geht es genauso wie Ihnen."

Ehrlich gesagt grüble ich immer noch, was sie mir damit sagen wollte. Hat sie auch ein Buch geschrieben und betrügt den Staat um seine Umsatzsteuer??? Eine Religionslehrerin?? Pfuii!! Oder braucht sie bloß Hopfenblüten für ihre schwachen Nerven?

Nächste Woche beginnt bei unseren Mietern die Schimmelsanierung, noch ein bisschen mehr Stress und Entscheidungen, die Karl einfach nicht treffen kann.

Er liegt "strahlend" und scheinbar entspannt auf seiner Couch, döst lustlos vor sich hin, wischt alle Probleme vom Sofakissen und lässt mich machen. Bloß meine Klappe halten wäre nett, meint er.

So, das tu ich jetzt auch!!

Ich wünsche Dir ein schönes, WARMES und gesundes Osterfest und umarme Dich hasenmäßig

Deine Marlene

P.S. Nur dieses noch: Ich hab soeben mit dem Finanzamtsherren Nr. VIER telefoniert und der versprach, das Verfahren einzustellen, wenn ich wenigstens den Vordruck für 2012 ausfülle. Seufz und danke an OBEN!!

Sorgen mindernd

2. April

Liebe Betti!

Schön, dass es kein Aprilscherz war und Du trotz "Wetterkapriolen" gut heimgekehrt bist!!

Das Schlimmste bei Karl ist, dass er nicht er essen will, kein Brot, kein Fleisch, keine Wurst, keinen Käse, kein Ei. Nicht mal Kaffee oder Bier!!! Er nimmt ständig ab. Aber vielleicht weiß sein Körper einfach besser als ich, wie man entgiftet?

Ich übe mich in Geduld, esse seine Portionen mit und lege schon mal selbst gewichtsmäßig zu, um eigene Vorräte anzuhäufen!

Gestern hat unser indischer Pfarrer die Emmausgeschichte erzählt. Auf sein Anraten hin haben wir einen E-MAUS-Spaziergang gemacht, aber bis jetzt keine Maus gesichtet! Dafür aber ein freches schneeweißes Hermelin!!!

Es gibt eben auch GUTE Dinge!

Alles Liebe
von Deiner Spitzmaus Marlene

Erkenntnisse

9. April

Liebe Betti!

Gerade weil mich Dein letztes Mail so sehr bewegt, komme ich nie richtig zum Schreiben, dauernd ist was Eiliges, das ablenkt. Es tut mir leid, dass es deinem Stiefvater so schlecht geht!

Was mir sehr wichtig ist: Der Trauerprozess, der bei Dir begonnen hat, wie bei mir wegen Karl Theo ja auch, ist vielleicht eine besondere Chance für uns, das Abschiednehmen ein wenig leichter und fließender zu machen. Noch Zeit, um Unerledigtes nachzuholen, zu danken, sich gemeinsam über kleine Dinge zu freuen, und natürlich noch so viel Zeit für HOFFNUNG!
Nachdem sich Dein Verhältnis zu "Papa" wieder meldet, wäre nun sicher ein besonders GUTER Zeitpunkt, um Dich mit ihm und DIR selber zu versöhnen. Deine Mama wird es Dir voller Liebe danken, nachdem sie es so lange mit ihm ausgehalten hat!!

Stell Dir einfach vor, "er" steht Dir am Medizinrad genau gegenüber, also Dein Spiegelbild. Du höchstpersönlich darfst entscheiden, was Dir gefällt, was nicht. Aber Du weißt eben (lächel) dass Du DICH siehst. Jetzt bin ich natürlich außerordentlich frech und gemein, wenn ich das behaupte, aber Du kennst mich genug, dass ich so "unverschämt" sein darf. Dein Stiefvater ist nicht Betti (SCHADE!!! Wir würden ihn LIEBEN!!). Aber er spiegelt Dir genau das, was Du nicht siehst und vor Dir sowie allen anderen immer verbergen möchtest. Wenn Du ganz genau hinsiehst, sind es zum Teil sogar Eigenschaften, die Du ganz gern haben würdest, aber eben nicht im Komplettangebot mit all dem "Hässlichen, Unverstehbaren", all dem, was Du ablehnst.

Wenn wir Deinen Stiefvater besser kennen würden, wüssten wir, "WER ER WIRKLICH IST" und vor allem wenn er es selber wüsste, sähe die Angelegenheit ganz anders aus.

Wir beide wissen leider nicht, warum er so ist, so geworden ist, ob er die WAHL hatte, anders zu sein.

Versuche vielleicht mal, in ihm den ganz kleinen Jungen/das ganz kleine Mädchen zu entdecken, das selbst so sehr verletzt wurde. Schwierig, und lohnend, weil dann Deine Gefühle sich ändern würden, denn ich habe Dich als seeehr mitfühlend und liebevoll erfahren dürfen!!

Sobald das Ganze zu schwierig wird, sagst Du in bewährter Weise:

„Dies ist ein Geschenk für meinen Stiefvater: Ich liebe MICH. Ich vergebe MIR. Heilung geschieht (bei MIR und deshalb irgendwie auch bei DIR). DANKE!!!"

Falls Du mein Wissen über eine möglichst gesunde Krebsbegleitung anzapfen möchtest: Ich bin mittlerweile Profi (grins), deshalb komm ich vor lauter mich Informieren so wenig zum Schreiben!!
Ruf mich einfach an, falls Du möchtest.

Ich umarme Dich ganz ganz feste!! Du bist eine so starke Frau, und Du wirst an Deinen Erfahrungen noch so viel wachsen!!

In Liebe
Deine Marlene

Wie im Paradies

10. April

Liebe Betti!

Deine Worte trösten mich - aber ich komme mir inzwischen etwas schäbig vor, weil Du/Ihr wirklich im Moment und wohl auch noch länger selber genug Probleme habt. Danke!!!

Die Infos leite ich gerne an Dich weiter. Ich habe sie von einer alten „Weissensee-Freundin" erhalten.

Auf die Spur gebracht hat uns Karl Theos merkwürdiges Essverhalten. Seitdem er mit der Chemo begonnen hatte, verlangte er nach Säften und ernährte sich rein basisch. Da er von sich aus ALLES weggelassen hat, was irgendwie UNGESUND ist, kam es mir wie eine Art Heilfasten vor. Ich hab bei Sabine nachgefragt, die hierbei Profi ist.

Sie erzählte mir von einer „Breuss-Krebskur". Jetzt gibt es bei uns TÄGLICH Salbeitee!! Angeblich ein Muss für jeden, der gesund sein möchte! Ich bin ganz glücklich, dass ich in den vergangenen Jahren so oft meinen eigenen Salbei im Garten geerntet habe.

Als besondere Überraschung hat mir Sabine ein Zettelchen gefaxt. Das hat Karl Theo im letzten Urlaub einem Sack selbst gepflückter (aber NICHT gestohlener!!!) Äpfel beigefügt, den er an Sabines Haustüre hinterließ.

Er hatte geschrieben:

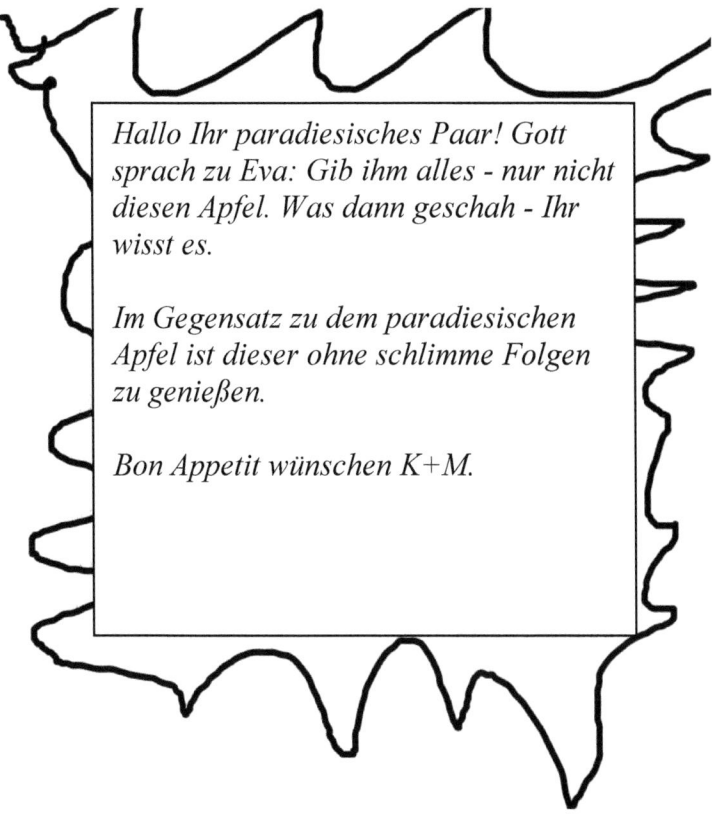

Hallo Ihr paradiesisches Paar! Gott sprach zu Eva: Gib ihm alles - nur nicht diesen Apfel. Was dann geschah - Ihr wisst es.

Im Gegensatz zu dem paradiesischen Apfel ist dieser ohne schlimme Folgen zu genießen.

Bon Appetit wünschen K+M.

Tja, Betti, so kennen wir ihn, unseren Karl Theo, hoffentlich noch GANZ LANGE!!!

Wenn GOTT so viel Salbei und Äpfel und sonst noch was für uns wachsen ließ, kann er doch sicher noch viel mehr Wunder vollbringen?!

Deine Marlene, die den Mut noch nicht verloren hat

Naturnahe Behandlung

12.April

Danke liebe Betti!

Uns geht es soweit gut, OHNE Verstopfung. Seit der Salbeitee ein wenig dünner gemacht ist, vertrage ich ihn selber auch. Die Blutwerte von Karl Theo sind ebenfalls gut.

Und danke der Nachfrage: Unser Salbei wird für viele Jahre reichen. Ich hoffe, wir können ihn noch LANGE gemeinsam trinken.
Übrigens, auch Zitronenmelisse gibt unser Garten her. Normalerweise quillt er davon über. Melisse hilft bei Hirntumor!!
Ausgerechnet jetzt, wo wir ihn so dringend brauchen, ist es ein wenig zu früh für diese kostbaren Pflanzen. Aber ich konnte doch täglich ein Blättchen ums andere regelrecht aus dem Strauch "heraus beten", bis ich von der Apotheke neuen Nachschub bekam.
Den so nötigen Storchschnabeltee hingegen konnte ich nirgendwo auftreiben. Ganz geknickt ging ich in den Keller und durchwühlte meine eigenen Vorräte. Oh Wunder und den Engeln sei aufrichtig Dank gesagt: Ich hatte ihn vor zwei Jahre im eigenen Garten geerntet!!!
Da wird es Dich sicher nicht überraschen, dass ich zur Krönung noch eine Tüte köstlichen Malventee entdeckte. Der färbt das Wasser, wenn er durchzieht, jedes Mal so überirdisch blau, dass ich vor Rührung weinen könnte.

Karl ist auch selber sehr auf seine Gesundheit bedacht. Heute Nachmittag roch er so intensiv nach irgendwelchen Düften, dass ich ein wenig nachhakte.

„Ja, ja", berichtete er mir stolz. „Ich habe Bach-Blüten genommen." Leicht irritiert bat ich ihn, mir das Fläschchen zu zeigen. Er reichte mir das Lavendelöl. Dem Himmel sei Dank, das ist wenigstens nicht giftig!

Spazieren gehen wir jeden Tag, das tut uns beiden GUT!!
Auf dem Kirchturm sitzen heuer echte Störche!
Den Habicht, der mir so wichtig geworden ist, beobachten wir auch!

Das tägliche Rauskramen der sechs verschiedenen Tabletten ist für Karl Theo ein wichtiges Gehirnjogging. Aber es ist anstrengend für mich, dabei zuzugucken!

Alles Liebe, ich umarm Dich, und bitte, SCHONE DICH!!!!

Deine „Kräuterhexe" Marlene

Ablenkungen

22. April

Liebe Betti!

Erstmal DANKE für Deine Mails! Es tut gut, zu wissen, dass Du immer so fest an mich/uns denkst und mitfühlst!! Der Filmtipp zur Spontanheilung ist interessant. Vor 3 Jahren hab ich diesen (oder was Ähnliches) mal gesehen und mit meiner damals schon schwerkranken Schwester durchgesprochen. Die war viel aufgeschlossener dafür als Karl. Nun ja, er ist halt bodenständig. Ich wäre schon froh, wenn er die Bachblüten regelmäßiger einnimmt.

Entschuldige, dass ich nicht früher geantwortet habe. Da ich mir für den gestrigen Sonntag (90. Geburtstag meiner Lieblingstante) ein Jahrhundertwerk vorgenommen hatte - ein Fotobüchlein mit kleinen Versen - pressierte es ein wenig, zum Schluss sogar SEHR, weil ich elend lange am Computer auf die restlichen Fotos meiner Anverwandten wartete. Die mussten dann natürlich noch entwickelt werden! Uff!!!

Leider war ich dann gar nicht persönlich auf der Geburtstagsfeier, weil ich mein Karlchen nicht den halben Tag allein lassen wollte. Zum Glück sind Bücher gut zu versenden!

Dafür habe ich zusammen mit Karl Theo bei der Erstkommunion seiner kleinen Großnichte wenigstens ein wenig „spioniert". Noch vor der Messe konnte ich den zu Tränen gerührten Onkel Karl mit ihr fotografieren. Danach genossen wir zwei „Alten" hinter verschlossenen Kirchentüren das Eingangslied.

Schon dieser kurze Ausflug genügte, dass Karl bis zum Mittagessen flach lag. Kein Wunder, er isst ja wie ein Spatz. Eine kleine Abwechslung vom grauen Alltag war es allemal!

Zu meiner persönlichen Erbauung ging ich abends (alleine) in die Dankandacht und erlebte so die Kommunionkinder doch noch aus der Nähe. Der Pfarrer sprach über das Thema Danken. Leutselig fragte er:
„Wer gibt euch was zu essen, wenn ihr hungrig seid?"
„Die Mama!"
„Und wenn ihr Durst habt?"
„Die Mama!"
„Und wer hat euch das schöne Kleid/den tollen Anzug gekauft?"
"Die Mama".
„Ja sag mal", staunte der Pfarrer.
„Immer die Mama! Was tun denn eure Väter???"
Da meldete sich Kevin:
„Mein Vater raucht vor dem Fernseher."

Na, da hat sich der Kirchgang schon gelohnt. Karlchen hat übrigens nicht geraucht, als ich heimkam, aber der Fernseher lief! Also, alles intakt, oder?!

Deine bescheiden gewordene Marlene

Essen, das ist hier die Frage

25. April

Liebe Betti!

Hier noch ein kleiner Nachtrag zur „Spatzen"-Ernährung. Von Karlchens „gesunder" Ernährungsweise ist nur das „Ich mag nicht, ich kann nicht, ich hab grad keinen Hunger" übrig geblieben.
Die frisch gepressten Gemüsesäfte aus dem neu gekauften TEUREN Entsafter lehnt er vollkommen ab. Na ja, dann brauche ich hinterher nicht eine halbe Stunde zu reinigen. Aber ich hab es immer mit Freuden getan. Jetzt steht das hübsche Gerät nutzlos rum und verschwendet meinen Platz.
Übrigens, das wär auch was für GESUNDE, falls DU jemals so ein Untrumm benötigen wirst??? Denn Deinen Mann brauchen wir wohl gar nicht erst zu fragen!

Dafür hat Karl Theo gestern sein Lieblingsgericht „Kuddeln mit selbst gemachten (!!!) Kartoffelknödeln" sehr anerkennend besichtigt und fast zur Hälfte gegessen. Zur genauen Mengenangabe: die Hälfte eines Zehntels seiner früheren Portionen.
Anschließend schlich er in die Küche. Ich hörte diverse Schabegeräusche und dann fand ich den frisch gespülten, völlig LEEREN Topf, für den ich ihn natürlich sehr loben musste!!!

So, das war's auf die Schnelle.

Seitdem ich ALLES frisch koche, steh ich dauernd in der Küche. Mittlerweile bereite ich bloß noch eine Portion auf einmal zu, damit ich nicht allzu fett werde, bis Karl endlich wieder Appetit kriegt.

Er hat nämlich gestern Abend den Kommunionkuchenteller entdeckt und hält sich am Süßen schadlos. Nun denn, da hatte er seine Verstopfung sowieso schon.

Das Ganze ist eine endlose Nervensache. Aber ich bin ja Profi für solche Fälle, und es gibt Schüsslersalz Nr. 5, mein steter Freund und Helfer, außer Dir natürlich!!

ALLES LIEBE, es drückt Dich dick und fest
Deine Marlene

Lektion Vier: Atempausen

Es hat tatsächlich besser geklappt, als ich dachte. Aber ehrlich, manchmal ist es schon seeehr anstrengend.

Du darfst lernen, im passenden Moment auszuatmen. Solche Augenblicke finden sich öfter, als du vielleicht erwartest.

Ach wirklich?
Ich fühle mich manchmal so erschöpft! Bitte gib mir zur rechten Zeit einen Schubser, damit ich es auch merke!

Das tu ich gerne. Eigentlich müsstest du das längst gemerkt haben.

Die Kraft des Bibers

7.Mai

Liebe Betti!

Der Samstag war noch recht witzig. Es kamen VIER Männer, dazu noch wir vier Frauen, eine interessante Mischung. Wie der Biber mit dem "Innere Frau" - Thema die Jungs angelockt hat, bleibt mir ein Rätsel. Natürlich wurde alles ein wenig verkopfter als gewohnt. Ich musste meine Leute fast mit der Peitsche in den Garten treiben, um die Medizinradrituale zu machen, aber sie taten!! Nur mitgesungen haben sie nicht, nicht mal die Frauen! MIREGAL !

Dann bestätigten wir uns im schön angewärmten Kellerraum (wo einen die Sonne und die paar Regentröpflein weniger störten), wie absolut NORMAL, ja geradezu notwendig es sei, sich abhängig zu fühlen.

Ich gelobte grinsend, weiterhin regelmäßig DSDS und Lindenstraße zu glotzen. Eine andere wollte es sich weiter schmecken lassen, der dritte an seiner Frau festkleben und der vierte sich, "weil ja die Wirtschaft SCHULD dran ist", weiterhin Geld und Sicherheit zum absoluten MUSS erklären.

Wir fühlten uns lachend abhängig von Freunden, Gelüsten und ARBEIT, weil das ABSOLUT UNVERZICHTBAR sei!

Als ich vorsichtig nachfragte, ob der Biber wohl auch manchmal UNGERN arbeite, meinte Marion im Brustton der Überzeugung, er hätte sicher ab und zu keine Lust und fälle trotzdem seine Bäume.

Wir blickten sie erstaunt an.

Ich sagte: „Glaubst Du wirklich? Wenn der Biber keine Lust hat, steht er doch gar nicht auf oder er sagt zu seiner Frau: „Heute kannst Du alleine schuften."

Ab da war das Eis gebrochen. Wir suchten locker unsere Mitte, wo sich alles auflöst, sogar der Ärger auf die EU, die unsere schönen Samen verbieten will, und der Hass auf sämtliche Massenmörder einschließlich Hitler.

Hinterher war ich so geläutert, dass ich zögerte, den Superstar einzuschalten. Am nächsten Tag hab ich mir das Video angeguckt, noch VOR der Lindenstraße.

Wie Du siehst, seit Karl Theo wieder essen kann, zurzeit sogar ununterbrochen (!!!), geht es mir ein wenig besser!! Die Aussicht auf die baldige Behandlungspause lässt uns aufatmen. Wir haben sogar Pläne geschmiedet. Als ich meinen geliebten Karl fragte: „Was möchtest du als Erstes tun, wenn du wieder gesund bist?", antwortete er mit leuchtenden Augen: „Dann fahr ich zum Weissensee."

Mal ehrlich, diesen Wunsch will ich ihm JETZT erfüllen. Anstelle der lästigen Bestrahlungsfahrten wartet also schon in ein paar Tagen ein "Urlaub" auf uns. Der Biber hat mich starkgemacht, meine geheimen Bedenken hintanzustellen.

Ich möchte meinen Karl VON GANZEM HERZEN strahlen sehen, nicht immer in dieser gruseligen Krankenhausabteilung!

Deine „auf GUTES hoffende" Marlene

Pannen inclusive

10. Mai

Liebe Betti!

Danke für die supernetten Wünsche. Wir werden mit Deinen Reiseengeln "gut ausgestattet" morgen losdüsen.

Unser Leben gleicht einer Achterbahn. Es gibt durchaus schöne Stunden, ja sogar Tage. Wir genießen die Natur und die herrliche Blühphase, gehen jeden Tag spazieren.

Karl Theo hat zum ersten Mal im Leben "Schuppen" wie ein Fisch auf seinem verbrannten, aber noch immer sehr erotisch attraktiven Glatzkopf. (Er ist gerade nicht da, sonst könnte ich nicht ehrlich schreiben!!).

Nach mehreren Pannen konnte ich meinen selbstbewussten Mann davon überzeugen, dass es bequemer sei, eine meiner Damenbinden (noch VOR den Wechseljahren gehortet!) in die Hose zu kleben, anstatt sich täglich mehrmals aus- und anzuziehen.

Gestern war ein solch "beschissener" Tag, dass er freiwillig badete. Erst nach einer halben von mir durchheulten Stunde gestattete er mir, seinen Bruder zu holen, um ihn aus der Wanne zu retten. Mittlerweile könnten wir bzw. ich einen Masseur, Fensterputzer, Putzfrau für alles und sonst noch so einiges gebrauchen, aber alle möglichst UNSICHTBAR!!!

Nur mit meinen Kochkünsten haben Karl und ich uns wieder ausgesöhnt. Er isst alles, was ihm unterkommt, Rosinen, Mandeln, Salzstangen, das für die Kartoffelpuffer eingeplante Apfelmus, den kalten vorgekochten Reis, und wenn er alles durch hat, auch MEIN Frühstück. Ich verteidige mich mit Messer und Gabel. So halten wir tapfer mein Über- und sein Untergewicht.

Seit vorgestern gibt es auch noch die herz-er-"weichenden" Nächte. Wir sind auf superschicke Rieseneinlagen umgestiegen, umwerfend billig für 3,75 € im MONAT!!
Jetzt noch neue Bandscheiben für mich und das Leben wäre wieder perfekt!!

Deine Marlene, NOCH heiter in allen Lebenslagen

Kleine Auszeit

21. Mai

Liebe Betti!

Danke für Dein Pfingstmail, leider erst HEUTE!! Da ich in den Bergen keine Internetverbindung herstellen konnte, blieb mir als Trost immer der Gedanke, dass Du, wenn auch fern, für mich da bist!

In diesem Pfingsturlaub durfte ich lernen, die Mitte zwischen Geben und Nehmen endlich am eigenen Leib zu erfahren. Witzig, ich fand das Geben, das Helfen immer derart angenehm und ich fühlte mich ganz toll dabei. Mittlerweile könnte ich vor Rührung heulen, wenn mir/uns geholfen wird. Hilfe gab es zu guter Letzt eine ganze Menge.

Beim Einzug dachte ich noch: Ich schaffe alles alleine.

Als ich begann, mit dem alten Wäschekorb eine Fuhre nach der anderen in die Wohnung zu schleppen, schien mein Karlchen untröstlich. ER WOLLTE DAS MACHEN! Freilich, so war er es jahrzehntelang gewohnt! Ich nahm zögernd sein Angebot an und zerrte keuchend vor Anstrengung den kranken Mann INCLUSIVE Korb treppauf, bis uns schier die Kraft verließ.

Ziemlich schnell kapierte ich, dass in diesem „Urlaub" das Wäschewaschen zum Problem ausufern würde. Es ist unglaublich, wie viele Unterhemden, Hosen und Schlafanzüge ein einziger Mann benötigt!!! Zum Glück gibt es im Keller eine Waschmaschine.

So befand ich mich all die Tage auf einem endlosen Weg zwischen Bett, Klo, Küche und Wäschekeller.

Selbst im Traum war ich auf der Jagd nach 50 Cent-Stücken für die Waschmaschine, die die Münzen wegfrisst, sobald ich eine Minute penne und nicht nachlege (fast wie bei unserem Kachelofen).

Beim ersten Mal konnte ich einfach nicht glauben, dass dieses Monster DREI Minuten vor Ende noch mal nach einer Münze verlangte. Ich trommelte an die Türe (sehr Stress lindernd, aber schmerzhaft!), schrie und zog an allen Hebeln. Dann stürmte ich wutschnaubend ins Hallenbad, mäßigte mich, so gut ich konnte, UND BETTELTE UM HILFE.

Sofort meldete sich eine süße, weißhaarige Dame, geschätzte 80 und eine eifrige Schwimmerin. Sie bat mich, in einer halben Stunde an ihrer Haustüre zu klingeln, da würde mir geholfen.

Punkt 9.30 Uhr meldete ich mich bei ihr. Sie riss einladend die Türe auf und ließ mich ein. Erschrocken entdeckte ich, dass sie vollkommen nackt war, und wollte später wieder kommen. „Aber nein doch", lächelte sie vergnügt. „Ich hol sofort das Geld".

Tatsächlich schleppte sie einen gläsernen Krug an, der bis oben hin gefüllt war mit den überlebenswichtigen 50-Cent-Stücken. Sie gab mir gleich drei, wollte keinen Gegenwert und entließ mich mit den besten Wünschen.

Ich war ganz platt über soviel Nächstenliebe!! Da kannst Du sehen, wie sich Engel heutzutage verkleiden, praktisch GAR NICHT!!

Deine (Schlaf)-wandelnde Marlene

Fügungen

23. Mai

Liebe Betti!

Jetzt, wieder ganz zuhause angekommen (!), will ich Dir ENDLICH etwas ausführlicher berichten.

Wir hatten kaum zwei Tage Zeit, die herrlichen Berge zu genießen. Mein Karl saß staunend am See auf der erstbesten Sitzbank und ließ sich nur widerwillig ein paar Meter weiterschleppen. Deshalb organisierte ich mithilfe einer lieben Bekannten einen Rollstuhl. Er thronte glückselig in dem praktischen Gefährt. Wir fuhren eine halbe Stunde spazieren. War das etwa schon zu viel des GUTEN????
Jedenfalls hustete er hinterher die GANZE Nacht. Und tagsüber. Und die Nacht darauf.

Die Engel wussten auch hierbei besten Rat und ließen mich im Telefonbuch den RICHTIGEN Arzt finden.
Dass wir diesen Arzt dann überhaupt gefunden haben, war ein Wunder. Ich suchte im Telefonbuch extra den mit den besten Parkplätzen. Als wir völlig verschwitzt von der Hetze pünktlich

um 9 Uhr ankamen, sah ich erstaunt eine große Baustellenwerbetafel, darunter ein winzig kleines Namensschild des Arztes.

Ich schleppte Karl durch ein geisterhaft leeres Haus. Im Erdgeschoss las ich den Namen "Schwan". Die Wohnung schien total leer, bis auf ein paar Rohre und offene Leitungen. Da schwante mir nichts Gutes.

Im ersten Stock stand der Name Hauser, die Tür stand offen, aber kein Mensch zuhause. Aufgrund des schlechten Gesundheitszustandes von Karl verzichteten wir auf die einzigartige Gelegenheit, ungelüftete Betten und ungespültes Frühstücksgeschirr zu stehlen. Ich lehnte meinen schwer atmenden Schatz an die Wand und raste in den zweiten Stock, aber da war gar nichts und niemand.

In einer nahen Pension erfuhren wir, dass der Arzt umgezogen war, ins PARKHAUS. Toll, denn ich liebe enge Parkhäuser, v.a., wenn sie gerade von außen renoviert werden.

Aber wie gesagt, wir haben den Arzt gefunden und seine tollen Tipps drei Tage lang genossen. Er verriet uns die Adresse eines Pflegedienstes, der unbekannterweise einfach mal so am Pfingstsamstag vorbeischaute, ohne Geld zu verlangen(!). Wir wurden mit drei riesigen Windelpaketen beschenkt und bekamen leihweise einen Rollator, den wir nicht benutzten, weil Karl zu schwach war.

Jetzt darf er wieder sein Kortison nehmen, dazu Antibiotika und noch neun andere Medikamente (plus Schüsslersalz und Anti-Krebs -Tee)!

Deine sich „vom Urlaub" erholende Marlene

Elegante Grundversorgung

2. Juni

Liebe Betti!

Danke, dass Du so rührend an uns denkst und die Engel schickst. Wir haben sie bitter nötig!!!
Obwohl wir schon seit einer Woche zurück sind, fehlt mir zurzeit die Kraft für den Computer. Da ich nachts JEDE Stunde mit Karl raus muss, bin ich "groggy".

Auf Anraten des Arztes ließ er sich unten herum neu einkleiden und er trägt jetzt nach seiner eigenen Aussage "Rüschenhöschen". Auf die ist er sehr stolz.
Mich retten sie manchmal vor dem Gröbsten! Heute teilte er mir strahlend mit: „Das Kind ist schon geboren." Oh ja, ich konnte es sehen – und riechen!!

Auf der Toilette habe ich mittlerweile für mich einen "Beobachterstuhl" installiert, um zu verhindern, dass mein kranker Mann vom Thron abstürzt.
Karl Theo lässt mich die ganze Zeit nicht aus den Augen und klärt mich darüber auf, was er da tue: „Ich studiere DEINEN Zerfall".

In den klofreien Zeiten isst er riesige Portionen. Soeben hat er, als eine Bekannte auf Besuch kam, einen unbeaufsichtigten Moment genutzt, den Mohnkuchenvorrat von fünf Tagen zu verdrücken.
Als ich versuchte, ihm das riesige Küchenmesser zu entreißen, fuchtelte er damit bedrohlich in meine Richtung. Unsere

Besucherin bangte um mich und schrie erschrocken auf: „Lass ihn doch, wenn es ihm schmeckt!"

Tja, warum eigentlich nicht? Karl Theo hat innerhalb der letzten drei appetitreichen Wochen gerade mal 300 Gramm zugenommen. Sein Schlauberger-Arzt in Füssen riet uns zu täglich einem halben Pfund Quark und einem Liter Milch, aber nur mit 0,1 Prozent Fett, wegen der Kalorien!!!!
Wenn der wüsste, wie viel Fett ein einziges Stück Mohn-Streuselkuchen enthält, aber ich kann schweigen!!

Immerhin haben sich die Blutwerte von Karl gebessert. Er kann 10 Minuten laufen, hustet etwas leiser und hat Stuhlmengen wie ein Elefant.

Mittlerweile weiß ich auch, dass er, wenn er SOFORT „pullern" möchte, auf dem Klo sitzen muss, egal was komme, weil es unnütz ist, VORNE den Bieselkrug hinzuhalten, wenn es HINTEN rausdrückt.
Eleganterweise geschieht dies direkt nach dem Duschen und Eincremen, denn dann darf ich auch noch Vorleger und Kloschüssel putzen, ehe ich meine Wäscheberge versorge.

Dass sich Menschen vor einem normal hohen Toilettensitz fürchten, gibt es tatsächlich. Deshalb weigert sich Karl vor allem auswärts standhaft, sich zu setzen.
Einmal musste ich zuerst. Er schrie, er „wolle und müsse SOFORT". Ich steckte mir vorn und hinten Papiertampons ein, um ihm den Vortritt zu lassen. Aber er setzte sich nicht. Ich tropfte vorn und hinten, er ebenfalls. Die Lache am Boden wurde größer, vermischte sich mit meinen Tränen, bis ich mich zu guter Letzt vor Lachen schüttelte. Das wäre die wahre Tragikomödie fürs Fernsehen, ich melde schon Patent an!!

Unsere Sparwut hat ihre natürliche Grenze erreicht. Denn die Gemeinschaftstonne zusammen mit unserem Mieter (4,50 € im Monat gespart, brüll, schrei) reicht nicht mehr aus. Dieser Schlauberger ist schon seit drei Monaten inkontinent und füllt die Tonne sofort, nachdem das Müllauto da war. Früher (in den guten alten Zeiten!!!) entsorgten wir unser kümmerliches Müllbeutelchen einfach in der Ferienwohnung. Jetzt stapeln sich vor unserem Haus die blauen Säcke und ich bete täglich zum Tonnenengel, er möge mich BALD davon erlösen!!

Trotz allem bin ich froh, wenn bei Karl „alles läuft". Es geht nämlich zu meinem riesen Schrecken auch anders! Gestern war er acht Stunden lang völlig trocken. Wir mussten ins Krankenhaus und Karl kam nur mit äußerst knapper Not um einen Katheder herum, „den er AUF KEINEN FALL will!"
Dann doch lieber waschen, putzen, wickeln.

Jetzt habe ich Pflegestufe beantragt, und Hilfe im Haushalt, und einen Klostuhl, und ein Pflegebett, und einen LEICHTEN Rollator, und eine mindestens sechsstündige Rückenmassage für MICH ....

Deine weiter hoffende Marlene

Lektion Fünf: Offen für Wunder

Ich weiß ja, ich soll nicht so negativ denken. Aber die Krankheit verschlimmert sich. Wie lange kann es noch so weitergehen? Ich schaffe es einfach nicht mehr alleine!

Glaubst du denn fest daran, dass dir geholfen werden kann?

Na ja, wenn DU so direkt fragst…
Manchmal zweifle ich schon.

Nur manchmal??

Okay, ich geb's zu. Es fällt mir schwer, auf GUTES zu hoffen. Die wohlgemeinten Ratschläge der anderen gehen mir echt auf den Keks. Ich sehe nirgends mehr Land. Und mal ehrlich, Beten hilft mir auch nicht weiter.

Versuch es doch noch mal! WIR sind immer für dich da! Geschenke muss man erkennen und ANNEHMEN!

Wenn DU meinst. EINMAL probier ich es noch. Was bleibt mir schon anderes übrig.
Ach so: Schon mal Danke!

Hilfreiche Menschen

10. Juni

Liebe Betti!

Herzlichen Dank für Dein spannendes Mail und den interessanten Familienbericht. Die Fotos sind wie immer wunderhübsch! Toll, Dich mal wieder IN ECHT zu sehen!!

Bei uns eilt die Zeit mit riesengroßen Schritten voran. Letzte Woche bekam ich es in der Nacht selber so im Kreuz, dass ich einsah: Ich schaffe es nicht mehr.
Mein eigener Arzt hatte keinen Termin für mich.
„Ätsch, schließlich hätte ich mich selber zwei lange Jahre lang nicht gemeldet". Das stimmt allerdings, selbst schuld, dass ich immer so gesund war!!!
Also holte ich eine gemeinsame Freundin zu Hilfe, die mit einem riesen Kuchenpaket das Herz unseres Pfleglings sofort eroberte, und ich düste derweil gottergeben zu Karl Theos Hausarzt. Man könnte ihn ja verdächtigen, der leckt sich jetzt die Finger nach einer Privatpatientin, nachdem Karl soviel Extraarbeit macht, aber als Kassenpatient wirklich keine Kohle bringt. In Wirklichkeit ist es ganz anders. Dieser Doktor entpuppte sich als der liebenswürdigste und geduldigste Mensch, der mir seit Langem begegnet ist.

Als ich für eine Minute ins Wartezimmer gebeten wurde, sprang mir ein DIN-A4 - Blatt in die Augen: *5 Tage kostenloses Probewohnen im Wasablick.*
Das ist ein neu erbautes Pflegeheim ganz in der Nähe und ich hatte es vor 4 Wochen schon mal mit Karl besichtigt, damals nur als Jux. Wie aberwitzig, dass er, mein Super-Sparfuchs, sich an

der KOSTENLOSIGKEIT nicht mehr wirklich erfreuen kann, denn je kränker man wird, desto weniger zählt das vorher ach so liebe Geld.

Gestärkt von den Lobeshymnen des Arztes, wie JUNG ich aussähe, düste ich ins Altenheim und buchte für den nächsten Tag ein hübsches Einzelzimmer für Karl. Ich selber ließ mich für die wie durch ein Wunder noch immer leer stehende Zweizimmer-DG-Wohnung vormerken, mit Blick auf die Wasa, viele Bäume, sanfte Hügel, fast wie am Weissensee!!!

So hat Karl Theo mit einem Schlag ALLES: Unten lebt er wie im Hotel mit freier Frühstückswahl. Ich darf sogar unser Leinöl im Kühlschrank deponieren. Es gibt einen großen gut gefüllten Obstkorb, dazu ein leckeres UNGESUNDES Mittagessen, wie er es am meisten liebt! Nachmittags labt er sich an KUCHEN bis zum Platzen. Um ihn herum sitzen eine Menge geschäftiger Frauen. Mein Karlchen nennt sie „nervige alte Weiber, die dauernd kichern, singen und mir dreinreden".

Was soll's, das kennt er ja von mir, und so ist es eben im Hotel!!!!

Am Nachmittag pilgern wir per Lift in unsere „Ferienwohnung" und genießen die Aussicht.

Das Allerbeste zum Schluss:

Ich sitze nachdenklich auf der Bewohnercouch und sinniere vor mich hin: „So sehr ich dieses Heim und all seine Vorteile genießen kann, unser gutes gesundes Granderwasser wird mir fehlen". In diesem Moment entdecke ich in der Ablage den Hochglanzprospekt „Willkommen im Haus Wasablick". Schritt für Schritt wird das Konzept beschrieben. Es gibt sogar einen Kräutergarten und echte Hasen!! Da, auf Seite Fünf steht es dick eingerahmt: Besonders schätzen unsere Bewohner das quellfrische Wasser aus der eigenen GRANDERANLAGE".

Betti, jetzt glaube ich an Wunder!!!
Ich könnte allen Menschen die Füße küssen, die uns dieses hier ermöglichen. Und ich schwöre Dir: Ich möchte hier bleiben und bezahle GERNE, was auch immer es kosten wird.

Deine dem Schicksal dankbare Marlene

Erhörte Hilferufe

12. Juni

Liebe Betti!

Hurra! Karlchen ist mit allem einverstanden.
WIR BLEIBEN!!

Jetzt fehlte nur noch ein Rollator zum Hinsetzen während der kleinen Wegstrecken, die Karl noch zurücklegen kann.
Ich faxte das Rezept nach Hinterkirchdorf, rief am nächsten Tag an, sobald die Regengüsse nachgelassen hatten, ob wir kommen könnten, bekamen grünes Licht und fuhren erwartungsvoll los.
Da ich nachts noch immer sehr wenig schlafe, bin ich kein besonderer Autofan, aber für diesen guten Zweck!! Einen Kilometer vor dem Ziel stauten sich die Fahrzeuge und ich las entgeistert: HOCHWASSER. Na toll!!! Ich drehte schwitzend um, bekam bei schwüler Sommerhitze fast den Kollaps und entkleidete mich noch während der Fahrt bis auf Unterhemd und Höschen, um mir Kühlung zu verschaffen. Da weder ich meinen Karl noch er mich pflegen konnte, war ich um das Haus Wasablick jetzt doppelt dankbar!

Zwei Tage später war der Weg nach Hinterkirchdorf endlich frei, Karl aber kaum noch fähig, bis zum Auto zu marschieren.

Im Sanitätshaus weigerte er sich standhaft, auf die armlosen Stühle zu sitzen, und sein Leichtgewicht-Rollator zum Schnäppchenpreis von 8 € dient ihm nur noch als elegante Sitzvorrichtung, wenn im Heim der Rollstuhl gerade nicht frei ist.

Das Glioblastom scheint in galoppierender Geschwindigkeit zu wachsen. Die ganzen Fortschritte von Chemo und Bestrahlung sind dahin. Kaum zu glauben, dass wir vor 10 Tagen zuhause noch fast problemlos alleine gewirtschaftet haben.

Jetzt danke ich Gott für jede Minute, in der das Heimpersonal mir hilft, meinen gebrechlich gewordenen Mann vom Bett aus auf den Rollstuhl oder aufs Klo zu hieven.

Was diese total liebenswürdigen Leute hier leisten müssen, ist enorm: Zwei Pflegeschwestern kommen auf 14 Bewohner. Sie müssen neben dem Duschen und Popo wischen auch noch Medikamente ausgeben, kochen, putzen, bügeln und säuberlich alles in Akten vermerken!!!

Da erledige ich die zusätzlich anfallenden Dienste für meinen Karl gerne selber. Immerhin kann ich zuhause nachts mehrere Stunden ungestört schlafen, oder über die Zukunft nachsinnieren.

Die tolle Luxuswohnung habe ich gar nicht gemietet, weil Karl Theo vom Rollstuhl aus nicht mehr über die Balkonbrüstung kucken kann, was soll es dann.

Gestern schafften wir im Bad den Weg vom Rollstuhl zur rettenden Toilettenschüssel nicht auf Anhieb. Karl nahm mich in den Würgegriff und wir hingen hoffnungslos zwischen Dusche und Klositz fest. Der rote Rettungsknopf baumelte direkt vor meinen Augen, aber leider unerreichbar. Ich brüllte mehrmals

„HILFE, HILFE". Das ist im Heim natürlich purer Alltag, hier wird dauernd gerufen und keiner nimmt es wirklich ernst. Schließlich gibt es für Notfälle die KLINGEL!!

Endlich erbarmte sich doch eine Schwester. Sie kuckte verwundert zu uns herein, half uns und fragte dann neugierig: „Was wollten Sie denn hier eigentlich?"

Eine bemerkenswert gute Frage: WAS WOLLTEN WIR BEIDEN SCHLAUMEIER AUF DEM KLO??

Ungeachtet all dieses Komforts beginnt mir mein gewohntes Umfeld zu fehlen. Sogar zum Telefonieren bleibt mir kaum Zeit, weil ich früh um 7.15 losdüse, abends meistens Wäsche wasche und mein bequemes Bett noch mehr liebe als den Fernseher. Das will was heißen!!

Ich schreibe hier in der Nähe von Karl, der einen friedlichen, gelassenen Eindruck macht. Wir hörten heute seine alten Musikkassetten. Kaum zu glauben, wie schön er noch vor zwei Jahren selber Schlagzeug gespielt hat!

Auch das Essen genießt er noch. Das Obst zum Frühstück ganz besonders! Angeblich hat er das IMMER gegessen. Ich erinnere mich, wie UNABDINGBAR WICHTIG ihm früher Kaffee und Marmeladenudel waren. Aber Ananas, Leinöl, Nüsse und Quark sind ja wirklich gesünder, lächel.

Wie Du siehst, immer zwischen Hoffen und Bangen, Lachen und Weinen. Mein Medizinrad hält mich aufrecht. Noch mehr aber die guten, liebevollen Gedanken meiner Familie und Freunde. Ganz besonders, dass Du mir so nah bist !!!!

Ich hoffe, es geht Dir gesundheitlich wieder etwas besser und Du kannst den SOMMER genießen!!

Deine „erhörte" Marlene

Think positiv!

17. Juni

Liebe Betti!

Danke für die wunderschönen Texte!
Du hast Recht, wir hatten echt schöne Zeiten. Und nun kampieren wir, Karl im Rollstuhl thronend und ich auf dem Angelerstühlchen, direkt neben der Wasa. Wir beobachten Fische, Vögel und Libellen und genießen den Schatten!!! Das macht ebenfalls Spaß, ist sehr billig (!!) und mit unseren Mitteln gerade noch zu schaffen. So ist der Sommer trotz allem schön und lebenswert.

Was soll´s! Deine zufriedene Marlene

Kräfte sammeln

21. Juni

Liebe Betti!

Danke für Dein Mitdenken und Mitfühlen. Der Zustand von Karl verschlechtert sich. Natürlich sind wir noch immer offen für ein Wunder.

Dass wir im Krankenhaus die Kernspinuntersuchung nicht mehr machen ließen, weil Karl ja gar nicht transportfähig ist, fand der Klinikarzt sogar in Ordnung. Er bat mich, alleine vorbei zu kommen, sagte mir freundlich Tschüss und Alles Gute. Das war´s auch schon!

Trotz der vielen helfenden Hände kann Karl Theo das Bett nicht mehr verlassen. Ich kampiere neben ihm auf der Gartenliege und füttere ihn mit Orangen- oder Pfirsichschnitzen. Er trinkt fast nichts, kann keine Medikamente schlucken. Alle einschließlich seines getreuen Hausarztes akzeptieren, dass er sich in seinem Tempo verabschieden darf, wenn er möchte.

Er wirkt gelassen und zufrieden, zeigt keine Schmerzen. Ab und an hat ihm ein Krampfanfall einen mehrstündigen Dauerschlaf geschenkt, aber er nickt auch sonst häufig weg.
Es ist eine schmerzlich schöne Erfahrung, so langsam Abschied zunehmen. Aber wir sind wie in einer Familie aufgefangen.
Gestern waren die Elohim-Engel fast spürbar im Zimmer. Karl konnte auf einmal wieder essen und trinken. Das schöne frische Obst ist für ihn ein wichtiger sinnlicher Kontakt zum LEBEN. Wir erhalten beide viel Freude.

Es kommt mir vor wie die Wasa, die in der Nähe vorbeifließt: Es einfach geschehen lassen, ohne festzuhalten, ohne anzuhaften, das ist das Glück, vielleicht sogar das Leben selbst.

Ich muss lächeln, wie viel Schnecken und klebriges Klettenlabkraut es gebraucht hat, um mir eine Lektion über das Anhaften zu gönnen!!

Daneben wirkt es fast absurd, dass ich mit unserer Mieterin wegen ein paar Euro Nebenkosten unter Beschuss stehe. Ich versuche es mit Selbst-Hoopono und Spiegelarbeit. Mal ehrlich - bin oder war ich wirklich sooooo geizig???? Die Antwort kann nur JA lauten, lächel.

Alles Liebe und einen wunderbaren Sommeranfang wünscht Dir Deine Marlene

Neuer Anlauf

25. Juni

Liebe Betti!

Meinem Karlchen geht es mittlerweile so schlecht, dass ich auf alles gefasst bin. Deshalb schlafe ich seit drei Tagen neben seinem Bett auf der Gartenliege. Pssst, das muss unter uns bleiben, denn fragen getraute ich mich bisher nicht. Ich bin hier in einer Nacht- und Nebelaktion eingezogen. Sollte ich jetzt eine Verbrecherin sein, egal! Karlchen braucht mich, TAG UND NACHT!

Stell Dir vor! Durch puren Zufall habe ich im vorbereitenden Gespräch auf den MDK-Besuch entdeckt, dass Karl Theo im Heim von Anfang an kein Kortison bekam. Der abrupte Abbruch führt oft automatisch zu starken Hirnschwellungen. Die Folge: Verschlechterung, Krämpfe, Spastiken. Kein Wunder, dass der Weg vom Rollator zum Rollstuhl zum Bett so rapide erfolgte.

Voller Panik versuchte ich zusammen mit den Pflegekräften, den Arzt und das rettende Medikament zu bekommen. Es dauerte zwei Tage und Nächte. Ich beobachtete jeden Atemzug und betete, Karl möge DURCHHALTEN.
Natürlich war mir schnell klar, was ich da eigentlich tue. Mangelndes Vertrauen, Glaube an die IRDISCHEN Dinge! Aber das GEFÜHL der Angst wirkte so echt!!!

Dann heute Morgen um 7 Uhr die erste Einnahme, das Kortison schön zermörsert und verlockend von mir in ein Löffelchen Fruchtjoghurt verpackt. Karl schluckte ohne Widerstreben und schlief sofort wieder weiter.

Um 8 Uhr öffnete er die Augen und flüsterte mir ein zaghaftes „Guten Morgen" zu, trank mühsam, aber immerhin (!!!) drei Schlucke seines angedickten Wassers und schloss die Augen zum nächsten Nickerchen.
Um 10 Uhr fragte er leise, aber vernehmlich:
„WAS GIBT ES HEUTE ZU ESSEN????"
Ich hätte heulen können, und alle Schwestern und Pfleger tanzten mit mir den innerlichen Freudentanz!! JA, lieber Gott, jetzt GLAUBEN WIR WIEDER AN WUNDER!!!

Deine immerzu hoffende Marlene

Erklärungsversuche

26. Juni

Liebe Betti!

Ahnst Du überhaupt, wie sehr ich mich von Dir verstanden und angenommen fühle?!
Wahrscheinlich siehst Du mich mit Deinen besonderen, freundlichen Augen, wenn Du meine "Jugend" entdeckst. Ich war früher ein sehr braver angepasster Mensch. Offene fliegende Haare hätte ich mir nicht erlaubt, immer schön brav kurz oder wenigstens Zöpfe. Auch Karl Theo hat meine Haarfülle bis zuletzt bekämpft, aber ich WOLLTE sie lang, und siehe da, sie dürfen so sein.
Das ist wohl der Schlüssel: Auf einmal darf ich sein, wer ich wirklich bin, und schier alles ist voller Liebe. Ich erlebe das Leben in einer solchen Fülle. So viele kleine Dinge, Wolken, die Wasa, die wild wachsenden Pflanzen, meine tausend Kaulquap-

pen im Gartenteich, vier gesegnete Stunden Schlaf, der Tau am Morgen (dank Deiner Tipps oft mit nackten Füßen!!), und all die vielen Menschen!!!

Es ist unglaublich, wie viele Freund/innen sich um uns kümmern, nachfragen, uns teilweise sogar besuchen. Dazu wohnen wir in diesem Heim wie in einer großen Familie! Selbst wenn es einmal kriselt, es ist eben die echte pralle Wirklichkeit!

Und last, not least: DEINE FAST TÄGLICHEN BOTSCHAFTEN! DANKE!!!!

Ja, das Leben ist schön, und es endet nicht mit dem Tod. Leben ist immer JETZT, und in diesem Augenblick entscheidet sich, entscheide ich, dass es GUT, also in, bei, mit GOTT ist. Drum möchte ich mich nicht vertrösten mit dem, was kommt, weil es jetzt schon IST. Je mehr ich am Medizinrad gehe, desto näher scheint mir mein christlicher Glaube zu rücken. Denn Jesus löst sogar die Probleme, bei denen ich gar nicht weiter komme und kein neues Land zu sehen meine. Kreuz und Auferstehung - eine untrennbare Einheit.

Deine „gläubig gewordene" Marlene

Häuslich

28. Juni

Liebe Betti!

Keine Bange! Karl und ich gehen es sehr ruhig an. Er liegt zwar nur und isst wie ein Spatz (zugegeben ein gefräßiger Spatz, wenig, aber OFT!!), dafür ist er friedlich und entspannt.

Unser Hausarzt strampelt sich halt durch, befragt bei Bedarf den Hospizarzt, und wir geben nur eine Kortisontablette täglich, um die Krampfneigung gering zu halten.

Ich schlafe weiterhin neben Karlchen auf der Gartenliege. Zum Glück wohnen wir ebenerdig. So kann ich morgens um 5 unbemerkt aus dem Fenster klettern. Ich spaziere an der Wasa entlang und genieße die Natur. Es ist ein bisschen wie Camping-Urlaub. Nur zum Essen holen und Wäsche waschen fahre ich ab und zu nach Hause. Wir genießen die Zeit, die wir gemeinsam haben. Die Gegenwart ist doch am schönsten!!

Und mal ehrlich, ohne das vergessene Kortison hätte ich wohl nie die Erlaubnis erhalten, bei ihm zu übernachten. Ja, Du liest richtig! Man hat mich erwischt und ich bekam die offizielle ER-LAUBNIS!!! Als ich bei Karls Aufnahme im Juni fragte, ob ich bei ihm im Zimmer übernachten könne, hieß es: „Tja, wenn Sie hier WOHNEN wollen, kostet das Pflegestufe null." Das sind schäbige 2000 €!!!
Und nun gibt es den Luxus gratis!! Meine Bandscheibe ist mit der Liege zufrieden, ich auch!

Deine (beinah!!!) ausgeschlafene Marlene

Verschnaufpausen

30. Juni

Liebe Betti!

Die letzten Zucker meines Internetsticks sollen Dir gehören!! Danke für Deinen überraschenden netten Besuch, für dein Zuhören, deine Liebe und die schönen Geschenke! Als ich Karl fragte, ob er sich gefreut habe, dass Du da warst, hat er gelächelt, genickt und HÖRBAR ja gesagt!!
Abends haben wir beide Deinen Smoothie probiert, echt superlecker!
Heute konnte Karl normal essen und ein wenig trinken. Er fragte mich sogar, ob wir hier im Haus nicht was begutachten wollten. Ich grübelte lange, was er damit meinte. Dann fiel es mir wieder ein: die Wohnung im DG! Wir sind natürlich gleich per Rollstuhl und Lift hochgedüst und wie die Einbrecher hineingeschlichen bzw. hineingerollt.
Welch ein Glück, UNTEN gefällt es ihm doch besser. Die DG-Wohnung ist nämlich ab nächsten Montag bereits vermietet, aber nicht an mich!!

Dafür hat mir die nette Heimleiterin ein ECHTES Bett angeboten, kostenlos!!! Mal sehen, ob sie am Montag noch dran denkt, wenn der Hausmeister da ist. Wäre sicher gemütlich für meinen Rücken.

Es geht uns GUT!

Sehr dankbar Deine Marlene

Lektion Sechs: Veränderungen

Von mir aus darf alles bleiben, wie es jetzt ist. Die kleinen Einbußen stören mich nicht.

Oho, mein Schatz! Du kennst doch das Leben. Es läuft wie ein Fluss. Da gehören Abwechslungen immer dazu.

Ich weiß ja, seufz. Aber bitte, lasst es langsam angehen. Wir haben uns gerade so mühsam an das Neue gewöhnt. Ehrlich, ich kann mir nicht recht vorstellen, dass ich noch mehr verkrafte.

Du weißt doch, WIR sind immer bei dir. Wir werden euch beide tragen, wenn es zu schwer wird. Versprochen!

Na dann.

Fotoshooting

1.Juli

Liebe Betti!

Dein Besuch hat mich animiert, gleich ein paar Fotos zu schießen.

Kaum hatte ich den Fotoapparat von zuhause angeschleppt, fiel mir auf, dass Karl Theo nicht hübsch genug gekleidet war.

Ich musste erst mal den rechten Moment abpassen, bis meine ungeschickten Fütterungsversuche nachhaltige Wirkung zeigten. Jetzt konnte ich den Pfleger mit viel Charme überzeugen, dass wir unbedingt ein frisches Outfit bräuchten. Ich wählte Karls Lieblingshemd, zartes Veilchenlila mit viel Muster, als Tarnung bei weiteren Kleckereien.

Dann machte ich zum ersten Mal KLICK. Keiner durfte wissen, was wir hier taten. Ansonsten würde ich noch verdächtigt, nicht an nachhaltige Besserung zu glauben und auf Vorrat ein nettes Sterbebildchen produzieren zu wollen. Karl stierte uninteressiert in die Kamera. Ich versuchte, ihm ein Lächeln abzuringen. Vergebens. Ausgerechnet HEUTE verstand er keinen Spaß. So apathisch hatte ich ihn seit Tagen nicht erlebt! Da half nur eines. Ich musste mit aufs Bild!

Also nahm ich die erste Selbstaufnahme in Angriff. Vom schönen Mann waren nur die Füße zu sehen, fein aufgepeppt mit meiner übergroßen Nase, weit aufgerissenen Augen und meinen zerwuselten Haaren. Nach fünfmaligem Sprint vom Auslöseknopf zum Rollstuhl hatte ich uns endlich BEIDE zusammen auf einem Foto.

Das Ergebnis ist niederschmetternd. Neben einer hysterisch grinsenden Marlene sitzt ein gottergebener, oder gottverlassener, von der Krankheit schwer gezeichneter Mann.

Betti, Du hattest Recht! Beim Vergleich mit älteren Fotos sehe ich sofort die Unterschiede, die ich bisher gar nicht bemerkt habe. Für mich war mein Karl Theo ganz der Alte, so wie früher. Und so sollte er nicht bloß lange, sondern möglichst FÜR IMMER bleiben. Tja, wie ich sehe, das geht leider nicht.

Ein paar fehlende Haare, wen stört das schon! Was mich wirklich ins Herz schneidet, ist sein fehlendes Lächeln. Sein Gesicht gleicht einer Maske. Die Augen wirken leer und desinteressiert. So sehr ich mich bei jeder Selbstaufnahme an ihn kuschele, schweratmig vom Rennen und mit albernem Lachen – von ihm kommt keine Reaktion!

So bleibt mir als letzte akzeptable Aufnahme das Bild von Mallorca, wo er mir wie der Zugschaffner persönlich aus der Söllerbahn zuwinkt, als wolle er alleine davon fahren. Ich schaue das Foto an und heule. Bitte, bitte, bleib noch eine Weile! Ohne dich kann ich einfach nicht!!!!

Ich liebe meinen Karl noch genauso wie vor 20 Jahren. Er war gleich auf den ersten Blick so attraktiv für mich wie kein anderer. Jedes Mal, wenn ich ihm das später erzählte, hat er aus tiefster Brust gesagt: „Marlene, du spinnst!" Aber es ist und bleibt die Wahrheit.

Deine verschossene Marlene

Vom richtigen Hinsehen

3. Juli

Liebe Betti!

Gestern wollte ich noch ein paar Fotos nachschießen, in der Hoffnung, Karlchen würde mir vielleicht doch mal ein Lächeln schenken.

Da entdeckte ich voller Entsetzen, dass sein rechtes Auge rot und verschwollen aussieht. Jeder, dem ich es zeigte, sah mich tief betroffen an und schüttelte resigniert den Kopf. Ich merkte, dass alle das Gleiche denken.
Die Vorstellung, der Tumor könnte aus dem Auge wachsen, war für mich derart Furcht einflößend. Bislang hatte Karlchen trotz OP, Chemo und Bestrahlung zwar einen Großteil seiner Haarpracht, aber nie sein hübsches Aussehen eingebüßt.

Deshalb lag ich nachts stundenlang wach und grübelte. An irgendetwas ganz Wichtiges sollte mich dieses rote Auge erinnern, aber was?
Dann fiel es mir wie Schuppen von den eigenen Augen. Die Begegnung mit dem Habicht!!! Genau so wie Karl jetzt hatte der mich im Februar angesehen. Es galt schlichtweg die Botschaft zu entschlüsseln, die mir/uns dieser Vogel bei jener seltsamen Begegnung zukommen lassen wollte.

Schnurstracks holte ich meinen Bachblütenkasten und probierte, welche Essenzen Karl in seinem jetzigen Zustand gut gebrauchen könnte. Unter Tränen mischte ich daraus eine Tinktur. Von da an bekam und bekommt Karl von mir mehrmals täglich einen getränkten Wattebausch aufs Auge.

Eine leichte Besserung zeigte sich schon nach einigen Stunden. Die extra vorbei schauenden Pflegekräfte staunten genauso wie ich. Karlchen ist so hübsch wie eh und je!!!

Das Wichtigste aber ist für mich, dass ich einsehen durfte, wie GUT wir die ganze Zeit begleitet werden.
Der Habicht ist das Medizinradzeichen eines wunderbaren NEUEN ANFANGS und steht über Karls Krankheit wie eine Verheißung. Ich müsste es nur kapieren und lernen, zu VERTRAUEN!!!

Deine das genaue Hinschauen übende Marlene

Kirchlicher Beistand

4. Juli

Liebe Betti!

Karl ist heute ein wenig grantig und ICH bin schuld!
Zunächst hatte ich ein schlechtes Gewissen, weil ich ihm gestern den Pfarrer vorbei schickte, zur Krankensalbung. Ich wollte nicht warten bis ewig und irgendwann, damit Karl Theo diese Handlung bei wachen Sinnen genießen könne. Ich schwöre Dir, dass er es wirklich auch selber wollte. Eine Freundin seiner verstorbenen Frau konnte ihn davon überzeugen, dass es so richtig wäre.
Karl hat also alles mitbekommen und hinterher beteuert, der Pfarrer sei o.k. gewesen. Obwohl Herr Hochwürden, im Vertrauen gesagt, ein wenig verwundert schaute, als ich mich als langjährige Lebensgefährtin outete. Und als ich in Anspielung auf seine

Predigt vom vergangenen Sonntag grinsend betonte, ich sei „die BÖSE mit den Bachblüten", wurde er ein wenig rot und sagte: „Nein, nein, nicht böse. Heut muss halt ein jeder schauen, wo er bleibt. Gell, Sie halten auch so Kurse?" Da flüsterte mein Schatz: „Medizinrad." Somit war alles geklärt.

Abends erzählte Karl Theo seinem Bruder, er habe die LETZTE Ölung bekommen. Da wurde ich hellhörig. Ich erklärte ihm, es heiße KRANKEN-Salbung, weil dieses Sakrament helfen soll, wieder gesund zu werden. Du hättest hören sollen, wie erleichtert er aufseufzte!.

Was Karl wirklich zugesetzt haben muss, war ein Gespräch zwischen mir und der Sekretärin, dass er Pflegestufe 3 bekommen hat. Vielleicht war er sich über seinen Zustand bisher doch zu wenig im Klaren.

Wir erlaubten ihm einmütig, heute mal GRANTIG zu sein, und abends lächelte er bereits wieder, weil der Hausmeister zu uns ins Zimmer RUMPELTE.
Morgen verrate ich Dir, wieso.

Deine selber gespannte Marlene

Vergnügungen

5. Juli

Liebe Betti!

Meine Erwartungen haben sich mehr als erfüllt. Es ist wahr: Ich penne im luxuriösen Pflegebett, fahre mich elektrisch rauf und runter und habe seit zwei Wochen zum ersten Mal richtig dolle Rückenschmerzen!!! (Leise, das darf natürlich niemand wissen! Sonst gelte ich noch als UNDANKBAR!)

Vielleicht ist es ja bloß ein Muskelkater, weil ich gerade jeden Morgen um 5 Uhr mein Medizinrad ausschneide, damit wir nächste Woche im Seminar die Steine sehen können. Thema: Der schamanische Schlüssel zur Lebensfreude (bei Ängsten und Sinnkrisen, voll mein Thema!!).

Ich habe tatsächlich die Natur niemals vorher derart belebend und hilfreich erfahren, als in den letzten Wochen. Es ist SO SCHÖN im Wasatal, egal ob die Morgensonne lacht, die Nebel steigen oder der Wind durch die Weiden streicht. Die Schnecken und das Klettenlabkraut erinnern mich täglich, dass wir nicht anzuhaften brauchen.
Nur die Vergangenheit und die Zukunft machen uns „klebrig", und alle, die wir damit belasten, auch ein wenig. Die Gegenwart duftet köstlich wie der soeben blühende Jasmin und schmeckt süß wie die Kirschen, Trauben und Pfirsiche, die wir hier täglich verspeisen.

Deine HEUTE vergnügte Marlene

Sinnsuche

7. Juli

Liebe Betti!

Genau wie Du fragen mich viele Nahestehende, sogar mein Bruder Tom, ob diese Krankheiten Sinn machen.
Doch, ich sehe und erfahre sehr viel Sinn in dieser gemeinsamen Erfahrung, so wie in jeder Krankheit. Ich entwickle mich sehr intensiv, lerne weiterhin von Karl, genau, wie ich es tue, seit ich ihn kenne.
Er selber schläft die meiste Zeit. Da ich bei meiner Medizinfrau gelernt habe, dass der "innere Mann" sich in seinen Träumen "nährt" und Kraft schöpft, denke ich, diese Phase des Lebens ist sehr wichtig.

Gestern kam mir beim Nachdenken die Erkenntnis über die Tumore: Sie haben ja den gleichen vollkommen neutralen Zellaufbau wie die Zellen der Gebärmutter in der Frühzeit der Schwangerschaft. Also: Es nistet sich ein "geistiges Kind" ein, sprich es kommt eine immense Veränderung, ein Wachstum in Gang.

Die Seele kann wählen: Will sie dieses geistige Kind hier auf Erden gebären oder erst nach dem Übergang ins neue Leben? Das Leben an sich geht nach dem Tod nahtlos weiter, wir gehen nur durch eine Türe. Erkennen wir das Leben im Hier und Jetzt als GUT = Göttlich, können wir beruhigt, im Frieden gehen, weil wir dann WISSEN, nicht bloß glauben müssen, dass es GUT weitergeht. Solange wir dies nicht erfahren, bleiben viele Menschen scheinbar gegen ihren Willen hier im "Elend" stecken.

Der Sinn des Ganzen könnte also sein, zum Frieden, zur Gelöstheit zu finden. Wenn dann keine momentane weitere irdische Aufgabe ansteht, dürfen die Seelen die Erde verlassen. So habe ich es schon bei einigen Menschen, auch bei meiner Schwester, miterlebt.

Unsere Wegbegleitung könnte also darin bestehen, dem Kranken das Gute, die Lebensfreude so innig wie möglich erfahrbar zu machen.

Hierzu zähle ich auch die Krankensalbung. Seit Karl begriffen hat, dass der Kranke dadurch gestärkt werden soll, geht es bei ihm deutlich aufwärts. Heute ergriff er erstmals wieder sein Glas und trank selbstständig!!!

Für mich selber gilt es zu lernen, mit der Zu-MUT-ung umzugehen, dass ich ihn zweimal am Tag allein lasse. Ja, Betti, es kostet mich Mut, ihn aus den Augen zu lassen. Aber ich brauche die Zeit, um nach Hause zu fahren, zu kochen, zu waschen, aber auch mal für Beratungen oder ein Medizinradseminar. Also mein EIGENES Leben zu führen!!!

Deine besinnliche Marlene

Beschenkt

8. Juli

Liebste Betti!

Herzlichen Dank noch mal! Das war ja eine echte "Familien"-Zusammenführung bei Dir. Unglaublich!
Bussi und Drückerfisch für das gemeine niedliche Foto! So was schicken sich nur Schwestern, die sich LIEBEN!!!
Und herzlichen Dank an Deine Freundinnen für die superleckeren Kuchen. Vielleicht könnte ich die Rezepte bekommen? Denn SAFTIGE Vollkornkuchen kannte ich bisher nicht. Ich höre Karlchen noch jetzt schmatzen. Aber meinen Anteil esse ich hinter seinem Rücken, wenn er pennt, grins.
Deine Feuchttücher sind DUFTE, und Karls wundes Göschle heilte bereits am ersten Tag aus, klasse!!

Gestern Abend bin ich heimlich aus dem Fenster gestiegen, als mein Patient schon schlief. Ich war in der Kirche beim Taize-Singen und fühlte mich so verstanden und angenommen, wie lange nicht mehr! Ein wahres Wunder, wie schnell man der Realität entkommt.

Alles Liebe, einen sanften Zahnarzt und eine schöne ruhige Woche wünscht Dir

Deine dankbare „Schwester" Marlene

Nahrungsbeschaffung

10. Juli

Liebe Betti!

Schön, dass der Zahnarzt wieder mal an Dir vorüberging, hoffentlich hält´s lang! Und hoffentlich hast Du auch genügend „zu beißen".

Bei uns im Heim scheint mir das Essen manchmal rationiert zu sein. Ich koche ja für mich selber und bin bloß erstaunt, wenn es heißt: Ja, heute sei für Karl Theo auch was "ÜBRIG".
Ich dachte ja eigentlich, Karl hätte hier ein Anrecht auf Essen. Schließlich bezahlt er dafür ein hübsches Sümmchen. Gestern bekam er zwei winzige Scheiblein Brot. Gottseidank quellen meine eigenen Vorräte über. Und Saftkuchen haben wir auch noch!!!
Außerdem muss man zugeben, dass Karls Appetit wirklich undurchschaubar ist. Wie sollten da die Küchenmenschen voraus kalkulieren können!
Ehrlich gesagt, falls das Heim zumachen tät, wäre ich echt geschockt. Für mich ist es ideal.

Du hast ja meinen zufriedenen Buddha im Bett liegen sehen. Karl Theo ist wirklich die meiste Zeit gut drauf. Außer wenn er Hunger hat! Heute Nacht um 2 drohte er mir mit deutlicher Stimme an: „Ich steh jetzt auf."
Ich sprang entsetzt aus meinem Bett und fragte: „Was möchtest du denn?" Darauf er: „Ich hol mir jetzt was zu essen!"
Zum Glück konnte ich ihn mit ein paar Schlucken Saftwasser beruhigen.

Heute Morgen nach dem Frühstück - ein Südseeobstteller mit Mango, Pfirsich, Birne und Kiwi, danach Müsli mit Joghurt, Leinöl, Leinsamen, Mandeln und Obst - siehe oben wieder das Gleiche:

„Ich hol mir jetzt was zu essen!"

Ich erstarrte. Dann fragte ich vorsichtig: „Willst Du eine Semmel?"

„JA!!!"

„Mit Käse oder Wurst?"

„NEIN!! Was Süßes."

Also Marmelade. Ich rannte los und er hat wirklich eine dreiviertel Semmel verputzt. Seitdem schläft er wie ein Stein!!

Deine futternde und fütternde Marlene

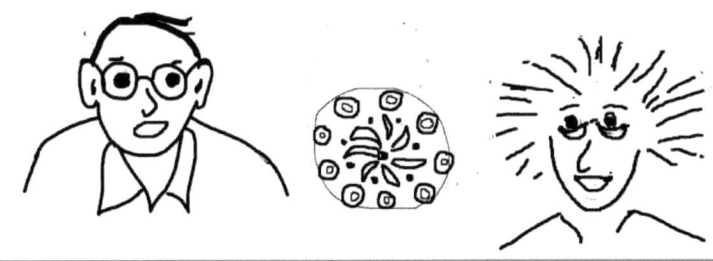

Tagesplan

14. Juli

Liebe Betti!

Karl Theo schläft fast nur, außer er isst und trinkt.
Seine Besucher kuckt er mit großen Augen an und studiert lange, ob er sie kennt. Wenn nicht, ist es ihm ein wenig peinlich, aber wirkliche Reaktionen zeigt er nicht.
Außer, was meine wilden pfludrigen Haare angeht, denn er mag sie nur frisch „abgemäht".
Heute hat er meine Hand fest gedrückt und geflüstert: „TROTZ der Haare."

Wohl ein Glück, dass er zurzeit nicht unseren Garten sehen kann, wo die wilden Blumen und die Gräser nur so sprießen! Zum Mähen bin ich nie mehr gekommen, seit Karl im Heim wohnt.
Gestern bekam ich bereits eine milde Rüge von seinem Bruder. Er mahnte mich kopfschüttelnd: „Marlene, wie stellst du dir das vor? Das geht nie mehr weg, auch nicht mit der Sense!"
Hilfe, Betti, muss bzw. DARF ich jetzt also bis ans Ende meiner Tage im Dschungel leben??

Aber mal ehrlich, WANN hätte ich für so etwas Unnötiges wie Gartenpflege Zeit?

Um fünf Uhr steige ich aus dem Bett, mache mich frisch und klettere aus dem Fenster. Auf meinem Spaziergang tanke ich Lebensfreude für den Tag. Hoffentlich SCHLÄFT Karl!!!
Um 6 Uhr Frühstück richten und Tabletten zermörsern – Karl SCHLÄFT

Von halb sieben bis halb acht Katzenwäsche im Bett – Karl SCHLÄFT

Von halb acht bis halb zehn Frühstück geben und Medizin eintrichtern – Karl SCHLÄFT

Von halb zehn bis halb elf umkleiden - Karl SCHLÄFT

Von 11 bis 12 Uhr richte ich Essen her - Karl SCHLÄFT

Von 12 bis halb 2 gibt es Mittagessen - Karl SCHLÄFT

Anschließend versuche ich VERGEBLICH zu pennen. Sobald ich nämlich im Bett liege, rückt der Putzdienst mit dem lauten Staubsauger an. Vielleicht stellen sie ihren Wecker nach meinen Schnarchgeräuschen?!

Um drei Uhr gibt es Kaffee und KUCHEN - Karl SCHLÄFT

Um vier Uhr Umziehen - Karl SCHLÄFT

O je, fast vergessen: Ich habe heute bereits FÜNF Mal die Einlagen gewechselt, mithilfe der fleißigen Schwestern natürlich!!

Um 17 Uhr rase ich nach Hause um Nachschub zu holen – Karl schläft NICHT – Ich warte bis …..

Um 18 Uhr gibt es Abendessen - Karl SCHLÄFT

Um 19 Uhr Umziehen - Karl SCHLÄFT - Ich kucke mit den übrigen Bewohnern die LINDENSTRASSE (!!!) - falls Karl noch SCHLÄFT (!!!)

Von 20 Uhr bis 5 Uhr Bettruhe - Karl schläft NICHT – Ich würde GERNE schlafen!!! – Die Nachtschwester knipst dreimal das Licht an – Wir wechseln dreimal die Einlagen – Wir wechseln das Bettzeug – Karl SCHLÄFT

Deine schon ganz verschlafene Marlene

Lektion Sieben: Ablenkung

Tut mir leid! Aber ich kann mich an derartige Veränderungen in unserem Leben einfach nicht gewöhnen! Mir geht langsam die Kraft aus: zu wenig Schlaf, zu wenig Streicheleinheiten, zu wenig Erfolgserlebnisse.
Dabei habe ich von EUCH doch so viel Hilfe erhalten. Bin ich also sehr undankbar???

Ist schon gut, mein Schatz! An diesem Punkt landet jede/r, der lange gepflegt hat, besonders wenn es sich um einen nahestehenden Menschen handelt. Gib nicht auf und VERTRAUE weiterhin auf UNS!

Wir werden dir eine kleine Verschnaufpause gönnen.

O ja, die könnte ich gut gebrauchen.
Schon mal DANKE!

Katzengeflüster

18. Juli

Liebe Betti!

Danke der Nachfrage! Morgens ist es an der Wasa noch schön kühl!! IN der Wasa leider noch ZU KÜHL!! Aber manchmal schmelze ich vor Sehnsucht nach dem Plantschewasser am Auwaldsee, besser noch am Weissensee (grins).

Dafür gibt es hier andere Freuden. Ich hab hier nämlich eine winzige Miezi vor dem Fenster sitzen. Vor einigen Tagen bin ich morgens zum ersten Mal der kleinen verwilderten Katze begegnet. Anscheinend übernachtet sie im Gestrüpp. Ich habe sie soweit gezähmt, dass sie sich streicheln lässt.

Vorgestern hat sie mein mitgebrachtes Leckerli, einen Esslöffel Tartex ratzifatz verputzt und ein Becherlein Wasser leergeschlabbert. Gestern konnte ich sie unter unser Fenster schleppen. Ich wollte sie Karl zeigen, um ihm eine Freude zu machen. Schließlich liebt er Katzen über alles. Aber was sagt er:
„ICH WEISS, WIE EINE KATZE AUSSIEHT."
Na dann halt nicht!

Danach habe ich sündhaft teures Katzenfutter im Bioladen gekauft. Abends kam ich stolz damit an UND DIE KATZE WAR NICHT DA! Ich suchte das ganze Gestrüpp ab, NICHTS.
Mit hängenden Ohren schlurfte ich zurück zu unserem Fenster. Und wer stand da – HUNGRIG UND FRESSBEREIT??
Die kleine Katze!!

Als sie das leckere Fressi roch, fing sie bereits auf drei Meter Entfernung an zu schnuppern, hob ihr Näschen, streckte sich und tappelte mir (oder dem Futternapf) entgegen. In fünf Minuten war alles kahl geschleckt.
Falls Du als weltberühmte Schnurri-Passionistin noch weitere Ratschläge hast, bitte gerne!

Herzlich Deine noch übende Katzenmama Marlene

Abnabelungsprozesse

23. Juli

Liebe Betti!

Danke für die guten Tipps! Aber gestern scheint nicht mein Tag gewesen zu sein.
Zunächst mal fiel die Lindenstraße aus Ich glaub's ja nicht, wegen der Damen-WM!!! MIREGAL !!!
Zweitens: Seit gestern kommt die Katze nicht mehr. Wahrscheinlich ist sie frisch gestärkt von meiner guten Versorgung zurück nach Hause marschiert, wo sie hingehört.
Jetzt bleibt bloß noch die Futterfrage. Karl Theo weigert sich doch tatsächlich, sein saures Aprikosenmüsli gegen das noch vorhandene lecker duftende Dosenfleisch einzutauschen (IGITT). Nun ja, ich hab heute Morgen die Vögel damit verwöhnt.

Die Katzi fehlt mir, aber nur ein bisschen. Irgendwie fühle ich mich FREI. Vielleicht sollte sie mich nur schnell mal an den Medizinrad-Puma erinnern und mich innerlich stärker machen.

Mal ehrlich, ein bisschen weniger Verantwortung sprich „Schuldgefühl" tut mir ganz gut! Ohne gewisse Freiräume kann man nicht voll Liebe und GANZ für den anderen da sein. Ich merke im Umgang mit Karl, wie wichtig das zeitweilige Abnabeln ist. Er muss täglich ein, zwei Stunden allein klarkommen, wenn ich zuhause Essen zubereite und wasche. Das mute ich ihm zu, und ich brauche die Zeit für mich, um das alles irgendwie durchzustehen.

Natürlich brauche ich auch Zeit bzw. NERVEN für unsere Mieter. Am Sonntag fiel die Heizung aus und das ganze Haus stand Kopf!! Schließlich herrschen draußen bloß 31 Grad im SCHATTEN!! Aber jetzt kann wieder HEISS geduscht werden, na dann ...!

Deine Marlene, katzen- und fast sorgenfrei

Zeitvertreib

4. August

Liebe Betti!

Danke für die „geschenkte" Zeit! Du weißt, ich kann sie dringend gebrauchen!!!

Vorgestern gab es von unten die fette Abkühlung. Ich wartete bei halbmeterhohem Wassergeprassel in Sandalen(!!) vor dem Mietshaus auf den Handwerker, der das Dach dämmen soll. Nach einer nassen Viertelstunde bat mich unser oberer Mieter in seine Garage und bot mir einen fürstlichen Platz auf seinem versifften Gartenstuhl. Da saß ich noch eine halbe Stunde. Ich habe die Auszeit BEINAHE genossen!

Denn zuhause lag derweil das frisch geschnittene Brot und noch schlimmer, der sorgfältig abgewogene, (damit´s ja nicht zu viel ist) und lecker schmecker durchsortierte Käse ohne Kühlschrank OFFEN und ich sitz hier HUNGRIG …..

Als ich endlich wieder bei Karl Theo eintrudelte, mit schlechtem Gewissen, fütterte ihn gerade unsere Schwägerin mit eingedicktem Wasser. Der Himmel hat wieder mal mitgedacht!

Erst als sie weg war, entdeckte ich, dass Karlchen pitschenass im Bett lag. Leider dauert es bei dem knappen Pflegeschlüssel immer länger, bis sich eine Schwester opfern kann, uns zu helfen. Sie leiden selber am meisten drunter!

Resigniert habe ich beschlossen, MICH und die Welt zu ändern. Ich mach jetzt Krafttraining, damit ich meinen lieben Männe selber drehen kann und dann ab nach schnuckelig Wasahause. Irgendeine süße Polin wartet bestimmt schon auf uns beide!

ODER sollte ich besser die Umstände segnen und akzeptieren lernen? Das wäre natürlich auch göttlich, an diesem frommen Sonntagabend.

Heute nach der Lindenstraße bin ich wieder AUSGEGLICHEN und genieße vom Bett aus den klaren Nachthimmel.

So habe ich endlich ZEIT, im Geiste mein nächstes Medizinrad-Seminar vorzubereiten.

Deine Sternschnuppen berauschte Marlene

Das liebe Ego

14. August

Liebe Betti!

Ja, der Samstag war wirklich klasse! Da der Stör im Mittelpunkt stand, habe ich an den vorhergehenden Tagen vorsichtshalber erst mal mein EIGENES Ego verabschiedet, bevor ich mich allzu neunmalklug über dieses Thema auslasse! Dann ertappte ich mich dabei, wie ich ununterbrochen die vielen Anmeldungen (grins) zählte und GENOSS! Nachdem schlussendlich nur vier absagten, waren wir immer noch ZWÖLF, ein geschlossener Kreis rund ums Gartenrad. Das Thema ist einfach immer wieder spannend!

Wie sehr ich mir wünsche, dass sich alles um MICH dreht, habe ich erst gestern wieder mal erfahren. Als ich mir beim Kochen ordentlich in den Finger schnitt, schrien die alten Leutchen rings um mich herum: „Schnell, schnell, wir brauchen HILFE!" Ich winkte zwar tapfer ab und versuchte das Blutbad herunter zu spielen. Aber schon kam ein JUNGER HÜBSCHER Pfleger angerannt und wickelte mir fachmännisch ein Pflaster um den lädierten Daumen. Dabei berührte er meinen Arm und ich schmolz innerlich dahin vor soviel Zuwendung!

Echt, Betti, seit Karl Theo so krank ist und sich innerlich mehr und mehr entfernt, sind körperliche Berührungen etwas selten Kostbares geworden. Ich habe das Pflaster immer noch dort und heule jedes Mal, wenn ich es bewundere!

Mit Deiner Vorankündigung hast Du mich echt neugierig gemacht: Piept oder quiekt das angesagte Tier, nagt es etwa die

Möbel an, (die uns nicht gehören!!), braucht es was ZU FRESSEN????
   Jedenfalls darf Dein Mann darf ruhig morgens in Wasawieslein vorbeikommen. Ich werde ihn erwarten. Wie sich das gehört, natürlich NICHT im Schlafanzug!

   Deine erwartungsvolle Marlene

Beschenkt

15. August

   Liebe Betti!

   Sigbert und Papagei sind GUT angekommen! Mal ehrlich, als Du mir das Tier angekündigt hast, war ich echt gespannt. Aber als ich ihn nun wieder sah, musste ich fast heulen. Er steht da oben auf dem Schrank, genau wie früher am Weisensee! Auch Karl Theo hat ihn sofort erkannt und war sichtlich gerührt, obwohl er ja "keine Bilder will", wie er nochmals bekräftigte.
   Dabei hängen zuhause alle Wände voll damit, VON MIR!!! Der Arme! Jetzt tut es mir fast leid, dass ich auf Karls Interessen früher so wenig geachtet habe. Er wollte mir halt immer alles Recht machen. Das ist ihm ja auch gelungen!!!

   Als ich dann noch Deinen schönen Anhänger auspackte, hab ich vor Rührung wirklich geheult. DANKE! Die ganze Kirche lang starrte ich auf meine schicken neuen Schuhe, die mich noch ein wenig drücken (was sonst) und grübelte über den Stein nach. Das zwischen uns (DIR und mir) ist wirklich echte Liebe, meine Schwester!!

Zuhause hab ich nachgelesen. Howlith, na klar, ich wusste es: Hilft dem Körper, unnötige Flüssigkeitsansammlungen loszuwerden (hat ja GEKLAPPT!!) und für (bzw. GEGEN) Jähzorn und Ärger. Drum brauchte ich den so dringend! DANKE!!

Einen schönen Feiertag wünscht Dir
Deine „Schwester" Marlene

Den Umständen entsprechend

22. August

Liebe Betti!

Uns geht es soweit GUT, man darf nur keine hohe Erwartungen haben. Karls Zustand ist seit ca. vier Wochen ziemlich gleich geblieben, was bei dieser Erkrankung ja schon ein Plus ist. Er liegt nur noch und schläft, hat aber zwischendurch Freude am Essen und wirkt sehr zufrieden und ausgeglichen.

Ne, nach Wasawieslein werden wir wohl nicht mehr zurückkehren, es sei denn, es ginge Karl doch noch mal besser. Deinen „Stein"-Tipp habe ich befolgt. Dank Zitronenchrysopras ist bei mir die heiße Luft soweit entwichen, dass ich mich mit den Gegebenheiten abfinde. Wir haben ENDLICH für die langen Nächte supergroße Einlagen zugestanden bekommen. Das bedeutet, dass Karl bis zu sieben Stunden dicht sein SOLLTE. Natürlich klappt das nicht immer. Aber es gibt Pfleger/Schwestern, die ihn freiwillig nach vier/fünf Stunden umlegen. Diese Menschen liebe ich so sehr, dass ich sie umarmen könnte!!! Und die anderen ... siehe Zitronenchrysopas.

Was mir persönlich fehlt, ist die Privatsphäre. Schnaken und sogar Männer haben jederzeit freien Eintritt. Das ist manchmal blöd beim Ka... und Duschen.

Wiederum sehne ich mich auch nach persönlicher Ansprache. Wenn ich Karl frage, kommen keine Kommentare.
„Möchtest du trinken?" - Schweigen im Walde.
„Hast Du Durscht?" Im besten Falle Kopfnick.

Gestern geschah das Wunder.
„Möchtest Du die Sahnetorte oder zuerst den Käsekuchen?"
Er entschied sich für den Käsekuchen!!!

Als ich mich abends WÄHREND der Lindenstraße spontan entschloss, mir JETZT SOFORT UND AUGENBLICKLICH ein Eis zu holen, konnte sich meine Küchenfreundin nicht verkneifen, lauthals loszulachen. Ich KÄMPFE nämlich bereits seit zwei Wochen eisern gegen meine Gelüste, um den umsitzenden Mitbewohnern und erst recht Karl keinen unnötigen Appetit zu machen. Ich hab nämlich keine Lust, ihm zweimal die Zähne zu putzen, weil er schon beim ersten Mal das Putzwasser nicht ausspuckt und schier dran erstickt.

Deine Marlene in ANDEREN Umständen

Lektion Acht: Countdown

Hallo IHR DA OBEN! Zuerst mal DANKE für die schöne Zeit, die uns noch überraschend geschenkt wurde! Das mit den „Veränderungen" habe ich endlich kapiert. Zwischendurch habe ich mich richtig gut gefühlt, fast so wie früher!
Aber seit einigen Tagen scheint es unaufhaltsam bergab zu gehen. Ich merke, wie ich schon wieder verzweifle.

Ja, das Leben ist ein unaufhaltsamer Fluss. Sobald es gegen deinen menschlichen Willen geht, beginnst du dich zu sträuben. Das macht den Verlauf unnötig anstrengend. Bleibe locker!

Wir werden dir weiterhin helfen, versprochen!

Und wenn ich schlappmache?

Dann erst recht!!

Durchhalten

8. September

Liebe Betti!

Karl hustet sich gerade mal so durchs Leben, Tag und Nacht. Wir, besonders ICH, "träumen" die ganze Zeit von einem richtig langen, erholsamen Schlaf!
Ich habe meine lieben „Küchenweiber" informiert: Falls ich mal, mit oder ohne Schlafanzug, was sehr Böses tue, liegt es nicht am mangelnden Nachthemd, sondern am SCHLAFENTZUG!

Vorgestern bekam Karlchen von mir ein „heilendes" Brusttuch, Schüsslersalze und Lungentee verpasst, und siehe da: Er SCHLÄFT!!
Betti, gib ruhig zu, es wurde in Rom auch VIEL für ihn gebetet! Zeitgleich mit Dir ist noch eine alte Freundin von Karl dort.

Jetzt hoffe ich nur noch auf einen genüsslichen Mittagsschlaf, ohne dass die Pflege um Viertel nach eins und die Putzkolonne um halb zwei anrücken. Dann war´s das nämlich.

Aber sonst passt alles. An der Wasa kampiert der letzte Storch, direkt in Greifnähe. Der tut mir so was von gut!!

Ansonsten gibt es zurzeit nicht viel zu lachen. Außer, dass ich vorgestern ganz eilig nach Hinterkirchlein zum Einkaufen düste, meinen Schlüssel im Kofferraum einsperrte und dastand. Bis ein rettender Engel kam, mich heimfuhr und wieder zurück nach Hinterkirchlein. Ich konnte freudig meine Einkäufe fortsetzen. Das Tollste: Es hat mich keinen Cent Benzin gekostet, bloß Zeit und Nerven!!

Diese Nacht hab ich richtig geschlafen, mindestens ne halbe Stunde am Stück, und GETRÄUMT: Ich stehe auf, koche Magnesiumwasser, gebe es dem hustenden Karl und er schläft ein.

Als ich aufwachte, hustete er allerdings immer noch, oder schon wieder.

Ansonsten schläft er halt tagsüber, am liebsten, wenn ich ihm was zu Essen gebe. Sein Appetit hat bereits deutlich abgenommen. Dafür dauert es um so länger! So sehr man die Leute lobt, wenn sie 30-mal kauen, ABER 3645 Mal???

Wenn Karl Theo die Augen aufhat, ist es ein wirkliches Highlight. Gestern schaffte er es, seinen Geburtstag konsequent zu verschlafen. Das Feiern hat er schon immer abgelehnt.

Nur speziell seinem Enkel Chrissi schenkte er ein kleines Lächeln. Zumindest schwört dieser, dass er es gesehen hat!!!

Ja, Du glaubst es nicht: Peter ist mit der kompletten Familie gekommen! Moni war total freundlich, richtig locker und wir haben zusammen gelacht (ÜBER PETER!!) und uns zum Schluss umarmt (jetzt glaub ich wirklich an WUNDER!!).

Der Braunbär-Samstag am Medizinrad war gut besucht und gleich vier Männer haben uns Weiber mit ihren lebhaften Gedanken immer wieder fleißig ermahnt, den Weg der Frau NACH INNEN zu gehen, anstatt zu "grübeln". Das können wir dann zur Genüge beim Raben machen (lächel).

Du siehst: So schwer es ist, das GUTE überwiegt bei Weitem!

Deine unsichtbar irgendwie gehaltene Marlene

Überleben

16. September

Liebe Betti!

Danke für Deine fürsorgliche Nachfrage! Nein, aus irgendeinem Grund wird es mir nicht zu schwer. Manchmal beobachte ich sogar, dass es mir FREUDE macht, Karl zu betreuen. Es gibt meinem Leben einen Sinn, den es früher so nicht hatte.

Karls Husten ist mechanisch, wieso, weiß keiner genau. Eine Kehlkopfuntersuchung würde mehr Stress und Schmerz verursachen, als sie Nutzen bringen könnte.
. Vielleicht ist es ganz gnädig, dass Ihr Karl Theo in "alter Frische" in Erinnerung behaltet. Wobei er sehr hübsch ist, wie ein kleiner runder Buddha im Gesicht (vom Kortison), obwohl er nur noch isst wie ein Spatz.

Manchmal picke ich nach 50 Minuten Prozedur ein paar härtere Randstücklein vom Teller und verschlinge sie zornig, damit das Häuflein endlich abnimmt. Auch das Trinken geht so langsam, dass mir der Arm vom vergeblichen ZUM MUND, NIX WAR'S, ZURÜCK, WIEDER ZUM MUND allmählich ganz lahm wird.

Damit Karlchen seine Augen überhaupt aufzwinkert, benötigt es schon die bundeswehrgeschulte Reibeisenstimme unseres engagierten Pflegers. Paradoxerweise helfen auch kühle Feuchttücher für die verklebten Augen, denn jetzt SOLL er ja die Augen zulassen!!! Am besten wirkt die liebliche Stimme einer NEUEN Krankenschwester, am besten drei auf einmal. Dann locke ich ihn mit den "Jungfrauen im islamischen Paradies". Aber selbst das funktioniert äußerst selten.

Bei mir kuckt er fast nie, mich kennt er ja zur Genüge. Ich bin die, die ihn dauernd nervt mit „Schatzi, schön schlucken! Magsch du noch? Das da MUSST du aber schon!!!"

Wahrscheinlich bleibt er aus purer Liebe zu mir noch in diesem Leben, obwohl es nur noch so wenig für ihn gibt, zumindest aus der Sicht eines Gesunden. Ich hoffe, ich halte ihn nicht zu sehr fest. Aber ich kuck einfach, ob es ihn freut, ihm GUT tut, alles andere lasse ich. Da er nicht spricht und fast keine Nicksignale gibt, muss ich halt raten.

Ich glaube, wir dürfen gemeinsam mit unseren „Pfleglingen" spüren, wie lange es richtig ist, zu kämpfen, und ob irgendwann Zeit ist, loszulassen.

In diesem Sinne wünsche ich DIR ganz viel Durchhaltekraft und euch beiden jede Menge Freude am Leben! Solange Liebe fließt, lohnt sich jeder kleine Schritt.

Deine irgendwie lebensfrohe Marlene

Rückschau

22. September

Liebe Betti!

Tausend Dank für Deine liebe Antwort! Eure Knuddelgrüße sind angekommen und ich fühlte mich richtig umarmt.

Dass Du offensichtlich den Humor nicht ganz verloren hast, trotz all Eurer Aufregungen und Anstrengungen der letzten Tage, finde ich richtig GUT! Wahrscheinlich ginge es auch nicht anders, weil unsere "lieben!!!" Männer sonst den Willen zum Durchhalten ganz schnell verlieren würden. Wie gut, dass Du noch bereit bist, zu kämpfen und alle Möglichkeiten auszuschöpfen.

Ich erinnere mich noch schwach, dass ich in der Anfangszeit zwischen Wut und Heulattacken hin- und herschwankte und mich in diverse Teekuren verbiss, weil ich so wenigstens etwas TUN konnte. Ich glaube auch, dass ihr beide durchaus berechtigte Hoffnungen auf Besserung habt.
 Und ich bilde mir zumindest ein, dass auch Karl euch beide von Herzen grüßt! Wie gut, dass wir all die gemeinsamen Erinnerungen behalten dürfen. Diese Zeit bleibt in unserem Herzen.

Ansonsten alles paletti. Ich hab heute Nacht drei Stunden am Stück geschlafen, Karls neuen Codeintropfen sei Dank!! Dafür hat er ab halb eins seinen Husten nachgeholt. Vielleicht kannst Du ihn bis zu Dir nach Hause hören!

Jedenfalls war ich morgens munter genug, ein neues Medizinradseminar zu planen, um meinen verrückten Raben im Kopf gerade zu rücken. Ich hatte jetzt 14 Tage lang keinen Antrieb mehr und wollte NIE MEHR was halten. Was so ein bisschen Schlaf ausmacht!

Deine nur leicht verrückte Marlene

Weisheit

2. Oktober

Liebe Betti!

Danke für Deine Rückmeldung! Ich weiß doch, wie gern Du beim Treffen mitgemacht hättest! Dann warst Du eben in Gedanken dabei, und ich bei Dir!!
Deine Sorgen kann ich nur allzu gut verstehen!

Genau darum geht es beim Medizinrad, wie bei anderen sakralen Orten, Kirchen, Ritualplätzen: Wir dürfen erkennen, dass hier ALLES Platz hat, auch die Müdigkeit, die Angst, der Schmerz, das Nicht-Verstehen …
Erst dann können wir gemeinsam beten = um das GUTE bitten, und uns mit - TEILEN und uns ÖFFNEN = das Beschwerende abfließen lassen. Die christliche Kirche nennt es die Sünden vergeben = was uns von Gott = dem GUTEN trennt.
Erinnerst Du Dich an das letzte Mal, als Du früher gehen musstest? Schon Deine kurze persönliche Zusammenfassung, ehe Du aufgestanden bist, hat ausgereicht, dass sich die nächste im Kreis öffnen konnte. Mit einem Mal gelang es ihr, über ihr verschlossenes Herz zu sprechen und darüber zu weinen, was wieder uns andere sehr BERÜHRT hat.

Es ist ein einziges Geben und Nehmen, wie sollte das der Verstand verstehen, der ja bekanntermaßen ver-RÜCKT ist, nämlich nicht in der Gegenwart, sondern ganz wo anders, in der Vergangenheit, in der Zukunft.

Alles Liebe HIER UND HEUTE von Deiner Marlene

Endspurt

4.Oktober

Liebe Betti!

Stell Dir vor! Mein Peter hat mir ein süßes Mail geschickt! Voller Erinnerungen an die guten alten Zeiten, als wir ALLE, ausgerüstet mit Fleischsalatsemmel und Schmöker, und unsere Kinder auf der Riesenrutsche, das Leben in vollen Zügen genossen haben. Denkst Du auch noch manchmal daran?

Wie schön, dass das Leben immer irgendwie und irgendwo weiter geht und der Spaß deshalb nicht enden muss.

Freilich möchte Peter, genau wie ich, wie Du, wie wir alle, dass es einfach ohne Einbußen so weiter geht. Deshalb hat er mir einen interessanten Link geschickt. Ich kenne die germanische Medizin von Freunden, aber für Karl und mich schien es mir gleich zu Anfang nicht das Richtige.

Und JETZT: Es müsste schon ein sehr großes Wunder geschehen, dass noch eine Besserung eintritt. Denn Karl macht sich seit heute Nacht unübersehbar auf die große Reise.

Ich halte seine Hand, befeuchte seine Lippen, flüstere ihm beruhigend zu und singe leise Schlaflieder.

Er kämpft und ist doch sehr friedlich. Es bleibt nur noch, an ihn zu denken, mitzubeten. So könnt auch Ihr bei ihm sein.

Deine auf alles vorbereitete Marlene

Abschied

6. Oktober

Liebe Betti!

Karl Theo ist angekommen, gestern früh um halb zehn. Er war bis zuletzt im tiefen Frieden und hatte zum Schluss ein Lächeln auf seinem Gesicht.

Ich durfte die Nacht noch bei ihm im Zimmer verbringen, das hat gut getan, um Abschied zu nehmen. Ich hab ihm, wie ich es bei Vaters Tod von meinem Bruder gelernt habe, das Johannesevangelium vorgelesen. Irgendwann schien er nicht mehr zuzuhören (!!), da konnte ich sogar ein wenig schlafen.

Dass er im Tod so entspannt und zufrieden aussieht, bedeutet mir unendlich viel. Anscheinend haben wir alles richtig gemacht, mit so viel Hilfe!!

Heute Morgen war dann gleich die Überführung in die Aussegnungshalle neben der Kirche. Da es genau vor der Sonntagsmesse stattfand, fiel das erste Zusammentreffen mit den vielen wohlmeinenden Nachbarn etwas einfacher aus. Kleines Geschenk VON OBEN!!

Deine traurige und zugleich dankbare Marlene

Formalitäten

7. Oktober

Liebe Betti!

Dass Du immer im Herzen bei mir warst, habe ich gespürt! DANKE!! Noch mehr brauchst und sollst Du wirklich nicht tun!!

Da ich von Karls Bruder und dessen Frau jegliche Unterstützung bekam, die Beerdigung zu planen, den Pfarrer aufzusuchen, die Todesanzeige aufzugeben, geht es mir recht gut. Sie haben es mir echt leicht gemacht. So werde ich die Beerdigung morgen auch noch rumkriegen.

Die viele Rennerei ist therapeutisch geradezu wertvoll. Man kommt überhaupt nicht zum Nachdenken. Bloß nachts macht mein Kopf unnötige Überstunden. Aber wenn die Beisetzung überstanden ist, hol ich mir den Schlaf der letzten vier Wochen!!

Noch wie betäubt
Deine Marlene

Lektion Neun: Die Zeit „danach"

Jetzt ist es also vorbei. Erst mal DANKE, dass es so leicht ging! IHR habt uns wirklich getragen.

Aber jetzt: Ich sehe und spüre meinen lieben Toten auf Schritt und Tritt. Mich selber kann ich nicht mehr spüren.

Ja, mein Schatz, das nennt man Trauer. Du darfst weinen, dann wird es leichter!

Bald???

Lass dir und uns Zeit. Es ist normal, dass es eine Weile dauert.

Was heißt bei EUCH schon „eine Weile"?!

Gut gefragt, mein Schatz. Stell dich auf einige Wochen, Monate oder Jahre ein. ALLES ist richtig und erlaubt.

Du darfst ruhig auch mal wütend werden.

Werden?? Ich glaube, ich bin es schon.

Unterstützt von allen Seiten

9. Oktober

Liebe Betti!

Tausend Dank, besonders für das wundervolle Gedicht und die Karte mit der strahlenden Blumenwiese! Nach kurzer Rücksprache mit Karl (lächel) waren wir uns einig, das Gedicht ist PERFEKT, wir würden nur ein einziges Wort streichen: "Aufopferung". Probier es aus: ... getragen von Liebe; in Freiheit.

Denn mal ehrlich: Aufgeopfert habe ich mich nie. Es hat sich immer stimmig angefühlt und ich war bis zuletzt so gern mit Karl beisammen. Wenn es ihn die letzten Tage nicht so sehr angestrengt hätte, würde ich wahrscheinlich immer noch klammern und ihn nicht gehen lassen. Aber es war einfach der richtige Zeitpunkt!

Als ich vor der Beerdigung ein kurzes Mittagsnickerchen machen wollte, sah ich vor der Glastüre auf der Terrasse einen wunderschönen toten Vogel liegen, gesprenkeltes Bäuchlein, wohl eine Drossel. Und ich bekam Lust, ihn liebevoll zu beerdigen. Das machte ich gestern, als ich ein wenig Ruhe hatte. Dabei merkte ich, dass ich die Scheu vor dem "Toten" verloren.habe.

Bei der Beerdigung hat Karl Theo noch so einiges "gezaubert". Auf dem Sterbebild wurde aus Versehen entgegen meiner Empfehlung die "falsche" Aufnahme gedruckt. Nun ist genau das RICHTIGE Bild drauf, auf dem er spitzbübisch lächelt, eben unverkennbar er selbst!

Der indische Pfarrer ließ sich von mir die Predigt schreiben und las sie ohne Berührungsängste von wegen "Lebensgefährtin".

Zur allgemeinen Erheiterung erzählte er, dass Karl so gern bei den BALLEROS (in Wirklichkeit hießen sie schön spanisch Boleros!) gespielt hat. Für einen kurzen Moment musste ich leise kichern, weil ich meinen süßen temperamentvollen Karl wie verrückt auf sein Schlagzeug einhämmern sah. Dann öffnete ich wieder die Augen – und sah unter Tränen wieder nur SCHWARZ!

Die bis dato verstrittenen Musikerfreunde standen vereint am Grab!! Überhaupt war die Kirche brechend voll. Die Besucher kamen zum Teil von weit her: mein Exgatte samt Frau und dessen Geschwister(!!), auch meine schwerhörige und gebrechliche Tante Dora, die alle Dorfregeln brach und sich ganz vorn in der Mitte hinsetzte, wo NIEMAND durfte außer mir und Karls Bruder. Ebenso erschienen die gesamte Familie von Karls verstorbener Frau, Vereine, Lauffreunde, Kartlerfreunde und Jugendfreunde, die seit 50 Jahren nicht mehr gesichtet worden waren.

Ich selber wurde zu meiner Rührung völlig überraschend von Peter mit seiner Frau Moni daheim abgeholt, damit ich nicht alleine zur Kirche gehen musste. Moni drückte mir immer mal unauffällig die Hand, damit ich nicht ins Grab purzelte.

Direkt uns gegenüber stand tapfer und aufrecht Peters Jugendfreundin. Zum Schluss saßen sie sich gemeinsam am gleichen Tisch gegenüber, ohne dass Moni die Nerven verlor.

Jana und Achim blieben noch bis neun Uhr bei mir, und erst da merkte ich voll Erstaunen, dass mir ACHT Stunden lang nicht die Blase geplatzt war. Das ist in sich schon ein Wunder! Dann konnte ich es ENDLICH „laufen lassen", unten und oben!!

Deine endlich weinende Marlene

Hilfsquellen

12. Oktober

Liebe Betti!

Natürlich bin ich immer zwischen Lachen und Weinen dank der vielen aufgefrischten Erinnerungen. Aber ich fühle mich von so viel Liebe (auch DEINER LIEBE) getragen, dass es mir dennoch GUT geht. Ich erhalte Briefe und Anrufe von allen möglichen Seiten. Jedes Mal ein Anlass für eine neue Tränenflut. Hinterher fühle ich mich nicht immer erleichtert. Aber das soll angeblich NORMAL sein!

Heute Morgen blies mir der Wind ein Tuch auf den Schreibtisch, keine Ahnung woher. Das hatte ich damals, als Karl Theo krank wurde, für ihn ausgetestet und aufgemalt, und es bedeutet "Auflösung spiritueller Blockaden".
Ich benütze auch fleißig Karls letzte Bachblüten-Salbe, Thema "Geist und Materie", das tut mir GUT und ich fühle mich mit ihm verbunden.

Am besten geht es mir in Karlchens alter Arbeitshose. Da fühle ich mich fast komplett. Aber so darf mich keiner sehen, nicht mal DU!! Sie ist schmutzig und hat schon tausend Löcher. Dieses kostbare Stück werde ich NIEMALS waschen. Mit geschlossenen Augen kann ich noch Karls Duft wahrnehmen, obwohl er die Hose zum letzten Mal beim Holzhacken getragen hat. Das ist jetzt ein ganzes Jahr her!
Und schon wieder laufen die Tränen.

Deine „normale" Marlene

Nachwehen

18. Oktober

Liebe Betti!

So allmählich beginne ich mich zu fangen. Was mir so zu schaffen macht, ist nicht allein der Trennungsschmerz, sondern die Last von Erledigungen, v.a. Bankgeschäfte, bei denen ich gar nicht durchblicke. Dazu warten noch eine Menge Leute auf Rückrufe, aber das erledige ich irgendwann später.

Trotzdem plane ich am Sonntag eine kleine Reise, um den Kopf ein wenig freier zu bekommen. Ich hab nämlich eine spontane Mitfahrmöglichkeit an den Weissensee. Da werde ich eine Weile bleiben, ALLEINE. Die Heimfahrt mit dem Zug wird mein erster Test in puncto Selbstständigkeit, seit Karl nicht mehr da ist!!

Ich packe meine Siebensachen und ertappe mich bei jedem zweiten Stück, dass ich ja diese Hose, dieses Hemd, diese Zahnbürste nie mehr brauchen werde – und heule. Mein Mitdenker und Kofferträger fehlt einfach immer!! Ehrlich, ich weiß nicht, wie ich das auf Dauer schaffe.

Ich melde mich bei Dir, wenn ich zurück bin.

Deine hoffentlich mutige Marlene

Ganz alleine

25. Oktober

Liebe Betti!

Wie lieb Du an mich denkst!!

Am Weissensee war ich anfangs bei jedem Schritt sehr traurig. Jeder Hügel, jeder Baum, jede Wegbiegung erinnerten mich an glückliche Zeiten. Ich kam aus dem Weinen gar nicht mehr heraus!
Aber irgendwann fiel es mir wie Schuppen von den Augen: Diese Seelenschmerzen waren kleine Erinnerungsblüten, Zeichen, dass mein inneres Kind noch lebt und die Schockstarre sich aufgelöst hat. Nun waren mir die Tränen nicht mehr gar so lästig und peinlich. Mit einem Mal sah ich, wie schön der Herbst immer noch sein kann, sogar wenn man allein zurückgeblieben ist.

Die Rückfahrt mit dem Zug war seeeehr gewöhnungsbedürftig. Ich sehe es als gute Vorübung, da ich, um Helen UND DIE ENKELKINDER (!!!) zu besuchen, ACHT Stunden Bahnfahrt genießen darf, mit fünf Mal Umsteigen!

Ganz herzlich
Deine selbstständig werdende Marlene

Friedhofsarbeiten

29. Oktober

Liebe Betti!

Am Samstag begann ich mich auf Allerheiligen vorzubereiten, sprich zu PLANEN. Ich ging mit Fotoapparat und Stift bewaffnet zum Friedhof, um Bestandsaufnahme zu machen. Wie durch ein Wunder haben sich am Grab gleich zwei total kräftige Nachbarsweiber angeboten, mir zu helfen, sprich ALLES zu machen. Ich brauchte bloß noch anzuschaffen (lächel).

Der Clou dabei ist: Sie hatten gerade zueinander gesagt: „Wenn halt nur die Marlene da wäre, dann könnten wir JETZT loslegen." Und genau da bog ich um die Ecke. Wieder mal so ein Engelsgeschenk!

Diese Woche sind noch die anderen Gräber dran: Gestern das meiner Eltern, heute helf ich meiner Tante Melli, morgen das Grab meiner Schwester und dann das von Karls Mutti. So können sie allesamt friedlich ruhen und ich ruhe dank Passionsblumentee auch schon etwas besser!

Du siehst, ich schaff das schon.
Deine schon etwas ruhigere Marlene

Nähe

5. November

Liebe Betti!

Am Sonntag hab ich mich zunächst ein wenig unwillig aufgerafft, meine Enkelbuben beim Fußballspiel zu beobachten, weil es diesmal wirklich ganz in der Nähe war und mir somit keine Ausreden einfallen wollten. Denn dass es in Strömen regnete und ich nachts so gut wie nicht geschlafen hatte, zählte wohl nicht. Dazu die Schulterschmerzen vom Rucksackschleppen am Freitag und die Rückenschmerzen von den samstäglichen Friedhofsarbeiten!
 Aber ich hab es wirklich genossen. Meine Schwiegertochter Moni war genau so nett wie bei der Beerdigung. Wir konnten sogar zusammen lachen. Umarmen war gar kein Problem, ganz locker wie unter Freundinnen.
 Mein kleiner Chrissi wollte sogar FREIWILLIG mit mir knuddeln, dass mir fast die Luft wegblieb. Zum Dank lernte ich, mit ihm an irgendeinem Drückerding ein Spiel zu spielen, das ich nicht kapierte. Dafür konnte er dauernd gewinnen und war glücklich!

Ich hab das Zusammensein tatsächlich bis abends genossen. Dann fiel ich um halb acht wie ein Stein ins Bett und oh Wunder: Ich konnte vier Stunden durchschlafen!!

Ich merke, dass Karl Theo irgendwie und irgendwoher noch die Fäden für mich zieht. Es geht mir besser als erwartet. Und die Tiefpunkte? Sind halt Erinnerungsblüten! Na dann!

Deine begleitete Marlene

Loslassen

11. November

Liebe Betti!

Danke, dass Du mich liebevoll in Gedanken begleitest. Ich fühle mich von Dir so gut verstanden.
Tatsächlich trage ich, genau wie Du damals, auch bloß die dunklen Klamotten, sogar zu Hause, wo sich sowieso keiner aufregt. Es ist mir fast ein Rätsel, wie ich jemals rot, gelb oder orange gekleidet herumspringen konnte. Zum Glück hat mir Karl einige runtergerissene Hemden und Hosen vererbt, die zu diesem Zweck bestens geeignet sind.
Ansonsten hab ich alles in die Kleiderkammer geschafft, wo sich die Asylanten drüber freuen, dass Karl Theo seine guten Sachen so sehr geschont hat, dass sie fast nie getragen wurden.

Das Bedürfnis zu ordnen, aufzuräumen, Altes loszulassen prägt meinen Alltag.

Dazwischen suche ich Ruhe in der Natur und bin erstaunt, wie sehr ich das Alleinsein genießen kann. Ich fühle mich zurückgesetzt in meine frühe Kindheit, als ich auf meinem Lieblingsbaum im Großen Park saß.

Abends (SECHS UHR!!) sitze ich erschöpft von was auch immer vor der Glotze, schaue mir einen rührseligen Kitschfilm an und heule über fremde Schicksale.
Dann wird gelesen, von 9 bis eins geschlafen, zwei Stunden wach gelegen und noch mal bis halb fünf gepennt.

Seitdem ich nur noch mit mir selber rede und deshalb weiß, dass mir IMMER jemand zuhört (!!), gibt es gar nicht mehr so viel zu schreiben.

Aber an der stürmischen Nordsee werde ich ja ausprobieren dürfen, wie sich UNGEWOHNTE Charaktere auf mich auswirken!! Und darüber gibt es vielleicht (oder lieber nicht??!!) was zu berichten.

Deine bereits packende Marlene

Urlaubsversuch

29. November

Liebe Betti!

Danke für Deine nette Urlaubs-„Begleitung"! Du warst in meinem Herzen dabei.

Hier in Wasawieslein hat mich der schnöde Alltag augenblicklich eingeholt. Die Erinnerungen an meine "Urlaubsfahrt" verblassen so schnell, dass ich versuchen muss, das Wichtigste festzuhalten.

Würde dort oben nicht ein solch schneidendes Reizklima herrschen, könnte ich glatt alles hinter mich werfen und an den Jadebusen ziehen. Gegen den starken Wind war ich diesmal ja gewappnet mit Eskimomütze und Karls dickster Thermohose, sodass ich mich beim Anblick der Vogelschwärme, locker 600 bis 1000 Wildgänse, Enten oder silberblinkende Möwen manchmal fast im Himmel wähnte.

Doch das häusliche Klima holte mich immer recht schnell in eine schmerzlich raue Wirklichkeit zurück.

Die süße kleine Conni, auf die ich mich ein ganzes Jahr lang so sehr gefreut habe, schrie anfangs, sobald sie mich sah. Erst allmählich merkte ich, dass sie vor allem schrie, wenn sie ihre Mama Helen NICHT sah. Aber die Schuldige blieb halt leider ICH!!!

Nur dass Freddi nicht mit uns essen wollte, hatte er ganz für sich allein entschieden. Er liebt es nämlich, wenn die Mama während der Mahlzeiten fünf Mal nach ihm schaut. Noch mehr freut er sich, wenn der Papa zur Belohnung, weil er nicht zu Tisch kommt, anschließend mit ihm Picknick macht, gerne mit Lachgummis oder allem, was er eben HEUTE MÖCHTE.

Ich durfte in Freds Bett schlafen, weil der süße Schatz selber lieber im Familienzimmer kampiert, direkt nebenan, mit weit offenstehender Türe. Nur so kann garantiert werden, dass die lieben Kleinen jedes noch so leise Schlurf- und Knarzgeräusch hören können, falls Oma es wagen sollte, aufs Klo zu gehen oder gar die knarrende Holztreppe hinab zu schleichen.
Deshalb muss auch die Treppentüre unbedingt stets von mir verschlossen werden, was nur mit Donnerknall möglich ist.

Zum Schluss konnten wir uns darauf einigen, dass Schlafzimmer- und Gangtüre offenbleiben, Oma auf der Treppe im Stockfinstern kein Licht anmacht und auf jeden Fall an ALLEM Schuld ist, ob gerade anwesend oder nicht!!!

Zur Belohnung lief ich täglich bei Mondenschein und berauschendem Sternengefunkel im hinteren Gartenstück rund um eine abgebrannte Feuerstelle, das perfekte Medizinrad (!). Hier konnte mich Leo nicht sehen und musste sich nicht vor den Nachbarn schämen. Tagsüber besuchte ich zweimal den Strand, heulte mich aus und war zwischendurch auch richtig glücklich.

Am letzten Tag verabschiedeten mich bei eisiger Kälte so viele Vogelschwärme gleichzeitig, dass ich gar nicht wusste, wo ich zuerst hinsehen sollte. Am rosa bewölkten Himmel schimmerte der Mond, auf der gegenüberliegenden Seite ging die Sonne auf.

Selbst die Kinderlein drückten mich fest zum Abschied und Fred versprach, wieder mal mit Oma zum Vogelhaus zu wandern. Dies war unsere einzige gemeinsame Großtat gewesen!

Jetzt überlege ich, ob ich beim nächsten Mal am Jadebusen die kleine Ferienwohnung mieten soll, in der ich mit Karl Theo, damals, als wir noch glücklich waren (!!!), zweimal recht zufrieden lebte. Aber die lange Zugfahrt ist ein echter Albtraum.

So bin ich erst mal froh, wieder HIER, in Deiner lieben ruhigen Nähe zu sein!

Deine ein wenig erschöpfte Marlene

Fleißarbeiten

14. Dezember

Liebe Betti!

Danke, dass Du mir so treu schreibst, obwohl ich am Computer immer nachlässiger werde. Der Nachlass von Karl Theo, mit dem er mir ganz sicher nur FREUDE bereiten wollte, frisst mich regelrecht auf.
Ich habe kaum Zeit, nette Dinge (ESSEN FERNSEHEN) / oder auch bloß das NOT-wendigste (WASCHEN, SCHLAFEN) zu erledigen. Immerzu bin ich auf der Suche nach irgendwelchen suspekten Geldanlagen, die teils gar nicht mehr existieren, aber als Vermächtnisse verteilt werden sollen. UFF!!!

Gestern war zweiter Termin beim Nachlassgericht. Ich hatte am Vorabend noch bis nachts getippt und gerechnet. Am Eingang wurde ich ausgiebig durchleuchtet und gefilzt. Dabei musste ich mit Entsetzen feststellen, dass meine Haus - und Autoschlüssel nicht mehr in der Jackentasche waren.
Von diesem Schreck noch völlig durcheinander, eröffnete mir der freundliche Beamte, meine Aufstellungen enthielten ihm zu viele UNBEKANNTE. Ich dürfe das Ganze bitte gerne noch mal machen! Wie nett, das bedeutet ca. weitere 30 bis 40 ominöse Telefonanrufe, Schreiben und Notarbesuche. Aber so herrenlos ohne Mann und Schlüssel war mir sowieso alles egal!!!

Zum Trost fand ich die vermissten Schlüssel im Auto meiner Schwägerin. Die hatte mich freundlicherweise kutschiert, weil sie auch dabei sein musste und erst recht nicht wusste, WOZU.

Von nun an und für alle Zukunft hat jetzt nämlich SIE das Mietshaus samt Mietern an der Backe!!!

Zu meiner Belohnung bin ich nachmittags eine volle Stunde durch die neblige eisige Prärie getigert und habe kurz vor der Haustüre sogar VIER fliegende Raben gesehen, na ja, immerhin! An der Nordsee gab es allerdings deutlich mehr Vögel!!!!!

Hier im Haus fühle ich mich zurzeit recht verloren. Falls Du mir also eine nette Mitbewohnerin wüsstest, am liebsten aber gleich SELBER einziehen könntest, HERZLICH WILLKOMMEN!!!

Auf jeden Fall schon mal GUT, Dich in der Nähe zu wissen!!!!

Deine ein wenig einsame Marlene

Planungen

16. Dezember

Liebe Betti!

Noch mal danke (!!!), dass Du mitgeholfen hast, die Wintersonnwende vorzubereiten! Was wären wir ohne Deine fried- und ruhevolle Wapitikraft, sozusagen die gebändigte Feuerkraft pur! Ich kann mir denken, wie Du Dir das über ein ganzes Leben hin teils schmerzlich erarbeitet hast! Kaum warst Du gegangen, flogen in der Gruppe die Funken nach allen Seiten, weil eben der ECHTE Wapiti fehlte! Tja, die Gruppe hat es ausgehalten, aber Du hast gefehlt!! Zum Schluss konnten wir uns wieder LIEBEN, sodass mir das Herz vor Rührung fast überfloss. Dazu der Fast-Vollmond, der mich heute um vier Uhr morgens geweckt hat.

Wie schade, dass Du am 21. Dezember nicht dabei sein kannst! Jetzt muss ich OHNE Dich DAS tun, was ich niemals wollte (schmunzel): Nämlich FEIERN!!! Aber ich verlasse mich auf die anderen „Ameisen"!!
Natürlich weiß ich, wie sehr es alle Menschen „beglückt", kurz VOR dem Fest einen weiteren Termin angeboten zu bekommen!!! Aber Tatsache, ich freu mich ein bisschen, ist das nicht seltsam? Dabei wollte ich diesen Termin unbedingt schwänzen.

Ein dickes Dankeschön für Dein geheimnisvolles Päckchen. Ich werde mit dem Öffnen brav bis zum Christkind warten.

Deine erwartungsvolle Marlene

Verabschiedungen

24. Dezember

Liebe Betti!

Zurzeit hab ich meinen "Computer-Kater", seit ich entdecken musste, dass mein unter extremen Mühen fertiggestelltes Fotobüchlein für Laura "Erinnerungen an Opa Karl" nur zur Hälfte gedruckt wurde, die Restseiten gähnende Leere.
Natürlich war es mein eigenes Verschulden, ich hatte die falsche Datei auf CD gebrannt. Auf diese Weise gab es für mich viel Neues zu lernen, und ich durfte die restlichen Fotos per Hand kleben. Zum Glück waren die Texte als Vorlage noch irgendwo auffindbar, und zum noch viel größeren Glück hatte ich erst mal bloß EIN Probebüchlein gemacht!

So konnte ich es für Bernd und Chrissi endlich RICHTIG!! Der riesen Vorteil bei der Sache: Ich hatte noch mal ausgiebig Zeit zum Heulen. Das Sortieren der Fotos war eine KOSTENLOSE Therapie!!

So vorbereitet konnte ich das alte Medizinrad-Jahr ohne Zusammenbruch verabschieden. Ich habe die Wintersonnwende sogar herzlich gern gefeiert. Es ging ganz leicht und unter viel Gelächter. Nur nach Weihnachtsschmuck war mir einfach nicht zumute. Meine geliebte Perukrippe hab ich erst fünf Minuten vor Zwei doch noch aufgestellt und darüber bin ich selber froh.

Wir waren zwölf Leute, lustig zusammengewürfelt mit vielen Unbekannten. Eine Frau kam ALLEIN auf Empfehlung einer anderen, die erst kurz vor fünf auftauchte, und die ich nur so ganz nebenbei eingeladen hatte. Ja Gottes Wege ...

Fast jeder wünschte sich unbedingt ein richtiges Feuer. Es war alles dafür vorhanden. Aber jede/r wollte sich diesen Höhepunkt zum Schluss aufsparen. Zuerst zogen wir Karten und Runen, alles bunt durcheinander. Als dann jede/r vorlas, was er/sie gezogen hatte, passte es IMMER.

Nachdem wir wie gewohnt von unserer lieben „Frauen"-Expertin eine geschlagene Viertelstunde über heilige Frauen, Urmütter und die frisch gelegten Samen in uns informiert worden waren und keiner mehr richtig zuhören mochte, meldete sich die uns allen unbekannte Neue:

„Ich habe die Karte "Geduld" gezogen."

Wir brüllten vor Lachen. Sie war ganz erstaunt und sagte:

„Ja, es passt wirklich für mich."

Als sie fröhlich erwähnte, ihre neugeborene Enkelin heiße Katharina, machte die Expertin neben mir einen Satz nach vorn und platzte los: „Oh, Katharina, da weiß ich ...." Ich gab ihr einen liebevollen Stups mit der Panzerfaust und rief schnell den Nächsten auf, denn die Geschichte von Katharina mit dem Radel dauert mindestens ZWEI Stunden!

Anschließend beschlossen wir zu schmausen, ehe das Feuer entzündet würde, damit wir nicht zu geschwächt wären.

Dann war es leider schon sechs Uhr und alle mussten gehen. Nur die Neue blieb und wollte noch schnell das Medizinrad lernen.

Bis zur SOMMER-Sonnwende ist das Holz sicher schön dürr geworden und vielleicht kommst Du dann auch ??!!

So geht also dieses Jahr zu Ende, ohne meinen geliebten Karl Theo. Ich stelle fest, dass ich nicht ganz alleine bin. Dich und die vielen Menschen zu kennen, die mir in letzter Zeit so nahe gewesen sind, um Freude UND Leid zu teilen, verschafft mir ein unglaubliches Verbundenheitsgefühl.

Heute Abend werde ich ein Kerzlein entzünden und Dein liebes Überraschungspäckchen öffnen. Um 8 Uhr ist schon Christmette. Ich bin mir sicher, dass mein Karlchen in irgendeiner Weise dabei ist und MITFEIERT!!

Übermorgen werden meine Kinder samt Enkelchen zu Kaffee bzw. Limo aufmarschieren. Es gibt wieder mal Schokoladentorte, die gleiche wie vor einem Jahr, aber selbstverständlich FRISCH gebacken.

So wird das Leben also weiter gehen, nicht wie bisher, aber vielleicht anders schön!
Trotzdem lautet mein Weihnachtswunsch für Dich und Deine Familie im kommenden Jahr, dass bei euch alles möglichst so bleiben darf wie bisher!

Ich bin so froh, dass ich DICH weiterhin habe!!

Deine mit allem versöhnte Marlene

Danke

Liebe Leserin, lieber Leser!

So hast Du also durchgehalten und hast mich durch einen schwarzen Tunnel der Trauer begleitet, wie so viele Freundinnen und Freunde im schrecklichsten Jahr meines Lebens.

Ich möchte allen DANKE sagen, die in irgendeiner Weise dabei waren, als ich meinen wichtigsten Weggefährten verloren habe! Ohne die vielfältige Liebe, die von außen – UND VON OBEN (!!!) - auf uns einströmte und in die wir regelrecht eingebettet waren, hätte dieses Buch nicht entstehen können.

So möchte ich auch Dir in den Zeiten der Trennung, des Verlustes und der Trauer Mut zusprechen.

Last not Least meine wichtigste Erkenntnis aus den Tagen, als ich ganz tief am Boden zerstört war:

Um an traurigen Dingen zu reifen,
muss man als erstes
sein Lächeln wiederfinden

P.S.Ein herzliches Dankeschön an alle, die an der Entstehung dieses Buches freiwillig oder UNFREIWILLIG beteiligt waren!

Herzlichen Dank auch an Georg Breitsameter, der mir erlaubt hat, zu VERSUCHEN, seine „Original-Marlene" nachzuzeichnen!

Ausblick

Vielleicht möchtest Du ja ERNST MACHEN und tiefer gehen, um Deine eigene Trauer aufzuarbeiten.
Falls Du Dich für die fgh-Methode zur Selbsthilfe und Selbstheilung von Karl-Heinz Erdmann interessierst, mit dem ich seit 18 Monaten zusammenarbeite, darfst Du gerne zu uns Kontakt aufnehmen.

Näheres hierzu und ein Herzliches Wiedersehen mit der Autorin auf der Homepage **www.p-angelis.de**

Weitere Bücher von Rita Kasparek:

Begegne heute deinem Glück *- Am Medizinrad durch das Jahr*
Schlosser Verlag 2011
ISBN: *978-3-86937-238-9*

Serie „Lachen und Weinen mit Marlene", Band 1:
Ausschnaufffen im Altweibersommer *- Marlenes Seelen-Bratgeber*
Books on Demand 2015
ISBN: *978-3-7392-1437-5*